MASCARADE !

À mes amis de Haute-Maurienne
avec qui j'ai vécu confinement et déconfinement.
L.G.

ISBN : 978-2-7491-6661-2
Dépôt légal : novembre 2020

92, avenue de France, 75013 Paris

Vous pouvez consulter notre catalogue général
et l'annonce de nos prochaines parutions sur notre site :

www.cherche-midi.com

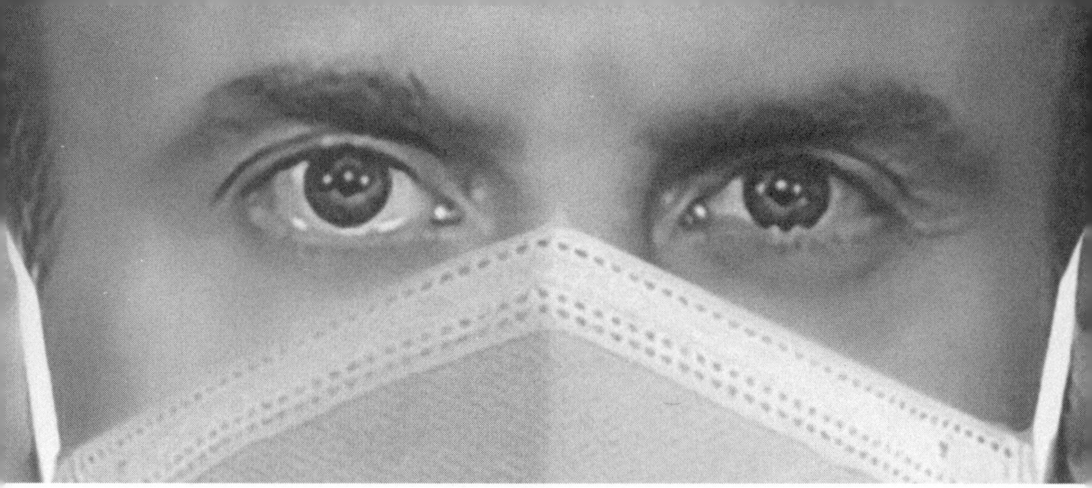

MASCARADE !

Laurent
GERRA

AVEC
JÉRÔME DE VERDIÈRE, PASCAL FIORETTO
ET STÉPHANE ROSE

cherche
midi

RTL
RTL

DIX ANS FACE À LAURENT !

Quand Laurent m'a proposé de rédiger cette préface, j'ai tout de suite entendu la voix de DSK me dire : « Bonjour miss Jade, j'ai une proposition très honnête à vous faire. » Ce à quoi j'ai répondu « Tututut ! »... Car j'ai acquis quelques réflexes durant ces années passées à ses côtés sur RTL !

Dix ans après, j'arrive encore chaque matin en jubilant secrètement (je sautille un peu) et c'est à lui que je le dois ! Nous partageons je crois cet enthousiasme. Depuis ma plus tendre enfance, rien ou presque ne fait obstacle à ma bonne humeur. J'ai appris tous les bienfaits des éclats de rire autour de grandes tablées où toute ma famille devisait joyeusement sur sa vie apaisée et prospère, en ces temps pompidoliens ! Et ce, à deux cents mètres à peine de la vinaigrerie Mitterrand, la maison natale du futur Président qui alimenterait nos chroniques quelques décennies plus tard...

Notre joyeuse équipe s'applique à rire de tout, même et surtout en période de virus couronné, traversée par des trottinettes avides de dépassement... Offusquée parfois comme vous, amusée toujours, je suis sans cesse épatée par la performance !

À sa manière, truculente et iconoclaste, Laurent mène quotidiennement le combat contre l'abrutissement...

Reçois toute ma gratitude, mon cher Laurent, chaque éclat de rire est un remède partagé, c'est ainsi que cela fonctionne. Alors surtout poursuivons !

JADE

AOÛT-SEPTEMBRE

LA RENTRÉE DU COUPLE MACRON

LES COMBATS DE GRETA THUNBERG

LES AVENTURES DES BALKANY

LA MORT DE JACQUES CHIRAC

... ET LES QUESTIONS DE PASCAL PRAUD

BRIGITTE ET EMMANUEL MACRON

L'amour à la plage

BRIGITTE : ♫ *Sur la plage abandonnée*
Coquillages et crustacés ♫

MACRON : Brizitte ! Brizitte ! Il faut répondre à l'appel de l'océan et de la forêt qui brûle !

BRIGITTE : Tu as raison, Emmanuel. Occupe-toi de ça avec tes petits camarades du G7. Tu vas nettoyer la plage de Biarritz avec ton ami Donald et tu lui dis de mettre de la crème, ça tape aujourd'hui... Il ressemble déjà suffisamment à une carotte comme ça... Et surtout tu empêches ton petit copain brésilien Bolsonaro de jouer avec des allumettes. Ça vous occupera, moi j'ai d'autres chats à fouetter. Il faut que je change de coiffure, Boris Johnson m'a piqué ma couleur.

MACRON : Mais Brizitte ! L'heure est grave ! La planète chauffe et les altermondialistes sont à nos portes !

BRIGITTE : Tu ne vas tout de même pas avoir peur de ces gens mal peignés en sarouel et en sandales qui mangent des graines ! Allez, va jouer plus loin, moi je dois m'occuper des dames du G7. J'ai emmené Melania Trump visiter Espelette. Faut pas qu'elle mange trop de piment, celle-ci... En cas de courante, elle risque de faire péter son lifting.

La question de **Pascal Praud**

PRAUD : *Les auditeurs ont la parole* au 3210 consacré aujourd'hui à la rentrée scolaire avec ce thème de société : si Pince-mi et Pince-moi sont dans un bateau et que Pince-mi tombe à l'eau, est-ce qu'on peut faire pouet-pouet à Pince-moi ? Ze pose la question au 3210.

GRETA THUNBERG *est dans un bateau*

JADE : Les médias français ont parlé d'elle tout l'été : Greta Thunberg est actuellement en train de voguer vers New York pour participer au sommet de l'ONU sur le climat. On en parle avec nos deux consultants en écologie : José Bové et Jean-Luc Bennhamias, le sosie officiel de Bourvil.

BOVÉ : Salut ma petite Jade, et toi Benhamias je te préviens tout de suite, si tu chantes, je t'en colle une. Y a le feu à la planète, c'est plus le moment de chanter.

BENNHAMIAS/BOURVIL : Non mais dites donc ! Je fais ce que je veux...

JADE : Messieurs, messieurs, ne commencez pas à vous chamailler... Qu'est-ce que vous pensez de Greta Thunberg ?

BOVÉ : Moi elle me fait un peu flipper, on dirait un robot qui répète en boucle des phrases qu'on lui a mises dans la tête...

JADE : Et bien justement, elle est avec nous en duplex de son voilier zéro carbone, bonjour Greta...

GRETA *(voix de synthèse)* **:** Bonjour. Je suis Greta Thunberg. Il faut sauver la planète. Les adultes sont méchants.

JADE : Et que proposez-vous pour sauver la planète ?

GRETA *(voix de synthèse)* **:** Bonjour. Je suis Greta Thunberg. Il faut sauver la planète. Les adultes sont méchants.

BOVÉ : C'est bien ce que je dis, c'est un vrai robot, cette gamine, on dirait R2-D2 !

JADE : Allons José, laissez-la parler... Greta, que comptez-vous dire au sommet de l'ONU sur le climat ?

GRETA *(voix de synthèse)* **:** Bonjour. Je suis Greta Thunberg. Il faut sauver la planète. Les adultes sont méchants.

BENNHAMIAS/BOURVIL :
♫ *La tacatacatac'tactique de la Greta*
C'est de faire du bateau
Pour dire qu'il fait trop chaud
La tacatacatac'tactique de la Greta
C'est d'sensibiliser
En faisant du voilier
PAF ! ♫

BENNHAMIAS/BOURVIL : Aïe ! Mais ça fait mal !

BOVÉ : Je t'avais prévenu. À partir de maintenant à chaque fois que tu chantes, c'est un bourre-pif direct !

JADE : Eh bien, c'est pas encore cette année qu'on va réussir à parler sereinement d'écologie...

QUI N'EN VEUT DE

JADE : Greta Thunberg, la passionaria de l'écologie, traverse actuellement l'Atlantique à bord d'un voilier. Elle doit participer dans les jours qui viennent au sommet de l'ONU sur le climat. La popularité de cette toute jeune Suédoise est mondiale et elle a atteint nos amis les Deschiens.

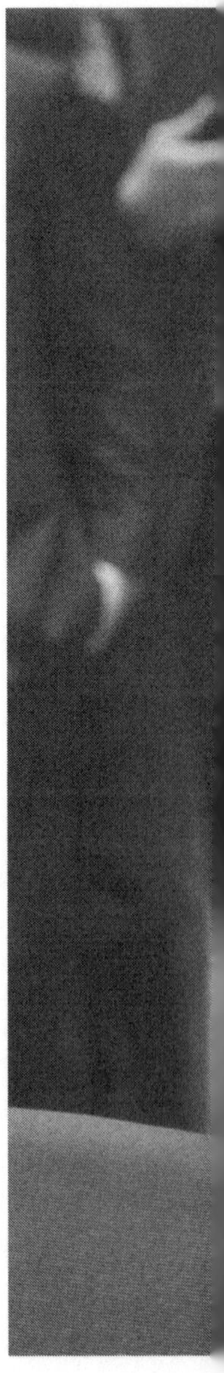

MOREL : 3615 code Qui-n'en-veut-de-la-Greta avec aujourd'hui mon gars Bruno Lochet... Alors, mon Bruno, est-ce que tu n'en veux de la Greta Thunberg ?

LOCHET : Je connais Gutenberg, celui qu'a inventé les magazines pour les bonnes femmes et puis les livres pour ceux qu'ont des lunettes, mais je connais pas Gretaberg, moi !

MOREL : Alors là, je dis attention, mon Bruno... Je te parle pas de Gutenberg mais de Greta Thunberg, qui, malgré ses 16 ans, fait la leçon aux grandes personnes.

LOCHET : Ah bah moi, les mioches qui font la leçon aux adultes, c'est une paire de claques et pis c'est tout !

MOREL : Fais attention, mon Bruno, parce que la Greta, elle est pas commode, c'est une petite jeune fille qui n'est pas commode et qui fait peur à tous les grands de ce monde !

LOCHET : Ouais bah mon gamin Kévin, lui aussi, y prétend à me faire la leçon comme quoi l'herbe qu'il fume, c'est plus écologique que le vin aux sulfites que je bois... Eh ben il a pris sa raclée ! Je lui ai dit qu'avant d'assainir la planète, il ferait bien de nettoyer sa vilaine peau qu'est pleine de boutons.

MOREL : ♫ *Qu'as-tu donc dans ton panier*
Du Biactol, du Biactol
Qu'as-tu donc dans ton panier
Du Biactol pour Greta Thunberg ♫

LA GRETA THUNBERG

MICHEL CHEVALET

LA SUPPRESSION DE LA TAXE D'HABITATION : COMMENT ÇA MARCHE ?

JADE : **Gérald Darmanin l'a annoncé : la suppression de la taxe d'habitation, initialement fixée au mois de juin par Édouard Philippe, a été repoussée à l'année 2022. On fait le point avec notre consultant scientifique : Michel Chevalet.**

CHEVALET : La suppression de la taxe d'habitation : comment ça marche ? Pour vous l'expliquer, j'ai amené avec moi une carotte et un petit âne... Je place désormais la carotte à un mètre du museau de l'âne. Que se passe-t-il ?

JADE : **Il avance pour l'attraper !**

CHEVALET : Absolument, car il veut la manger. Dans ce cas précis, la carotte représente la promesse de campagne. Notre âne se met en marche prêt à avaler la promesse. Je retire désormais la carotte de son champ de vision. Que se passe-t-il ?

JADE : **Il a l'air déçu...**

CHEVALET : Eh oui, il est déçu, car il comprend que la promesse sera perpétuellement reportée, et que la carotte ne finira jamais dans sa bouche mais dans son postérieur, comme sur le tableau suivant.

JADE : **Oh non ne faites pas ça, ça va lui faire mal !**

CHEVALET : Détrompez-vous, Jade, regardez, même avec une carotte dans le postérieur, notre âne est toujours content.

JADE : **Ah oui, c'est curieux... Mais que faut-il en déduire, Michel ?**

CHEVALET : Qu'il n'y a aucune différence entre un âne et un électeur de La République en marche.

La question de **Pascal Praud**

Le déploiement de banderoles homophobes dans les stades de foot a conduit à de nouvelles interruptions de match. Ce sera le thème des Auditeurs ont la parole.

PRAUD : Si un monsieur pratique la sodomie avec une dame, peut-on dire que le terme « enculer » est homophobe ? Je pose la question au 3210...
Ça n'est pas tout... Doit-on interdire le Tour de France au motif qu'on y salue les rois de la pédale ? Je pose la question au 3210...
Enfin, les fonctionnaires doivent-ils être sanctionnés au motif que toute la journée ils enculent les mouches ? Je ne fais que poser la question au 3210.

BRIGITTE ET EMMANUEL MACRON

RENTRÉE DIFFICILE

JADE : En ce jour de rentrée scolaire, Brigitte Macron, ancienne professeure, a elle aussi dû reprendre du service...

BRIZITTE : Emmanuel, ça ne peut plus durer, c'est le bazar dans la classe des candidats à la mairie de Paris. Cédric Villani veut se maintenir contre Benjamin Griveaux.

MACRON : Mais euh, Brizitte, ze peux pas m'en occuper. Z'ai d'autres soucis avec Merkel qui tremble, Boris Johnson qui veut faire péter l'Europe et Bolsonaro qui veut pas éteindre l'Amazonie !

BRIZITTE : Oui, eh bien ce Brésilien malpoli, j'espère que tu vas lui envoyer un ou deux Canadair sur sa villa de Copacabana !

☎ *Driiing* !

BRIZITTE : Appartements privés des Macron, j'écoute !

DELANOË : Tchounette, madame Macron, c'est Bertrand Delanoë, le maire le plus regretté de tous les Parisiens et de toutes les Parisiennes.

BRIZITTE : C'est à quel sujet ? Je croyais que vous étiez en train de bronzer à Bizerte, en Tunisie.

DELANOË : Si je suis revenu de Bizerte, c'est au sujet de Cédric Villani, qui va annoncer sa candidature à la mairie de Paris.

BRIZITTE : Ah oui, je suis au courant. Il est jaloux parce que c'est Benjamin Griveaux qui a été choisi par les militants. Ça lui apprendra à pas se laver les cheveux, à ce Villani !

DELANOË : Vous avez raison, Brigitte, il est peut-être bon en maths (*deux fois trois, six, trois fois quatre, douze...*), mais avec ses lavallières, on dirait Nana Mouskouri (*♫ Quand tu chantes, quand tu chantes... ♫*).

BRIZITTE : Et pourquoi il vous intéresse tant, ce Cédric Villani ?

DELANOË : Parce que s'il se présente face à Benjamin Griveaux, ça laisse une chance de gagner à mon Anne Hidalgo *(hi han, hi han !).* C'est pour ça qu'il faut convaincre Emmanuel d'aider Cédric Villani !

BRIZITTE : C'est ça, c'est ça, comptez sur moi, j'en parlerai à mon panda. Dites, puisque je vous tiens, vous savez où il l'a trouvée, Cédric Villani, sa broche en forme d'araignée ?

DELANOË : Chez Gifi. ♫ *Gifi des idées de génie.* ♫

BRIZITTE : ♫ *Gifi des idées de génie.* ♫

PATRICK BALKANY

JADE : Pourquoi Patrick Balkany est-il toujours maire de Levallois ? C'est la question posée par une association d'élus de la Ville, qui réclame sa destitution.

BALKANY : Menteuse !

JADE : **Pourquoi vous me traitez de menteuse, vous n'êtes pas maire de Levallois ?**

BALKANY : Bien sûr que si ! Pourquoi ? Ça vous intéresse ? Vous voulez une place en HLM ? Ça fera 100 000 euros, en petites coupures.

JADE : **Non, non, ça ira, je veux savoir pourquoi vous êtes toujours maire de Levallois malgré vos soucis judiciaires...**

BALKANY : Le verdict de mon procès sera rendu le 13 septembre. Jusque-là, je suis présumé innocent. Et j'ai confiance en la justice de mon pays. En attendant je suis maire, et si vous voulez du shit, je peux vous le faire à 40 euros les 12 grammes. Prix d'ami. Et c'est du bon, c'est de l'afghan non coupé.

JADE : **Non, non, ça ira. Je vois en tout cas que vous ne baissez pas les armes...**

BALKANY : Ah c'est des armes que vous voulez ? Justement on vient de faire rentrer un stock de kalachnikovs, mais voyez avec ma femme, c'est elle qui s'en occupe.

JADE : **Non merci, sans façon.**

BALKANY : Mais qu'est-ce que vous voulez à la fin ?

JADE : **Juste vous poser des questions.**

BALKANY : Gratuitement ?

JADE : **Ben oui !**

BALKANY : Mais fallait le dire tout de suite, je ne serais pas venu ! Arnaqueuse !

ET SI ON FAISAIT TOMBER CENT SACS AU JUGE, TU CROIS QUE ÇA LE FERAIT ?
NON, MONSIEUR BALKANY. MAUVAISE IDÉE...

Johnny THE GENS ARE MÉCHANTS

JADE : Laeticia Hallyday, après avoir écarté ses avocats, s'est rapprochée de son père, André Boudou, à qui elle a confié ses intérêts. Conséquence, Sébastien Farran, le manager de Johnny, jusqu'ici fidèle à Laeticia, a quitté le navire. Nul doute que Laeticia, qui affirme entendre encore la voix de Johnny, a eu de la visite ces derniers jours.

JOHNNY : Latitiatia... Latitiatia... Un, deux, un... Toc, toc... Test micro... Wooooh... Est-ce que quelqu'un m'entend ici-bas ?

LAETICIA : C'est toi, mamour ?

JOHNNY : Oui mamûre, c'est moi... Dis-moi, Latiatia, on me dit que tu as viré mon manager que j'ai, Sébastien Maréchal Farran, et que maintenant, c'est beau-papa Bûdû qui s'occupe de gérer ma carrière en poste mortem restante... J'y comprends rien du tû...

LAETICIA : Please, mamour, speak english. Because if you don't speak english, everybody pensera que you are encore french. And it's not very good for my compte en banque.

JOHNNY : Yes mamûre, but n'oublie pas que beau-papa Bûdû, il a eu une hernie fiscale... Et puis, c'est quoi la prochaine étape, mamûre ?

LAETICIA : Don't worry, mamour, and be happy because c'est Mamie Rock qui tient the caisse. And quand quelqu'un s'en approche, she says : don't touch the grisby, salope !

JOHNNY : Wooooh ! Avec tout ce bruit médiatique que tu fais, j'arrive pas à me reposer en paix.

LAETICIA : Yes mamour, but les gens sont méchants : ils disent que j'en veux at your money.

JOHNNY : Attends, je te passe Serge, je crois qu'il a la solution...

GAINSBOURG : Allô ma p'tite cocotte... Elle est mignonne la p'tite cocotte... Écoute bien ça : le cynisme, c'est connaître le prix de tout et la valeur de rien ! Classieux, hein ? Alors ce que tu fais ma p'tite cocotte pour montrer que t'en as rien à cirer du blé, c'est que tu vas à *Sept sur sept* et tu crames un billet de 500 !

LAETICIA : *Sept sur sept* n'existe plus, Serge, maintenant c'est *Sept à huit* sur TFOne.

GAINSBOURG : Meeeerde ! Moi je préfère... un cinq à sept ! Et si j'aime ça ? Affirmatif ! No comment !

JEAN-LUC MÉLENCHON

RÉBELLION

JADE : **C'est aujourd'hui que s'ouvre le procès de Jean-Luc Mélenchon pour rébellion, provocation et actes d'intimidation envers l'autorité judiciaire dans l'affaire des perquisitions controversées du siège de son parti l'an dernier...**

MÉLENCHON : Et allez ! Vas-y, petite journaleuse à la solde du pouvoir, coupe-moi la tête, brûle-moi en place publique, écartèle-moi devant la plèbe !

JADE : **Enfin ça va pas, Jean-Luc Mélenchon ?! Je signale seulement que s'ouvre aujourd'hui...**

MÉLENCHON : *(il l'interrompt)* Y a rien qui s'ouvre aujourd'hui à part ta grande bouche de baveuse pour le compte des lobbys macrono-radio-luxembourgeois !

JADE : **Restez poli, voyons !**

MÉLENCHON : La République, c'est moi !

JADE : **Je ne vois pas le rapport... Toujours est-il qu'on s'interroge : ne tentez-vous pas de faire diversion en sortant votre nouveau livre aujourd'hui, le même jour que l'ouverture de votre...**

MÉLENCHON : *(il l'interrompt)* L'ouverture de quoi ? Du Carrefour Market de la rue Jean-Jaurès ? Et allez ! Fais ta basse besogne, va enrichir les suppôts du capitalisme effréné !

JADE : **Vous racontez n'importe quoi ! Je veux simplement parler de votre pro...**

MÉLENCHON : *(il l'interrompt)* ... Prochain livre. Ça s'appelle *Et ainsi de suite*, 180 pages, aux éditions Plon, 10 euros seulement. Tiens, y a mon rouquemoute qui en a amené une caisse, ça te cultivera un peu, petite journaleuse à la solde du pouvoir policier.

JADE : **Bon, je laisse tomber...**

MÉLENCHON : Et tu me laisses faire ma pub ! Y a pas de raison qu'y ait que Bernard Canetti et ses régimes minceurs qui y aient droit !

♫ *Musique pub*

MÉLENCHON : Je suis Jean-Luc Mélenchon, le fondateur de La France insoumise. On me demande souvent si mon régime communiste marche. Oui, il marche vraiment. Faites le test gratuitement pendant cinq ans. En cadeau, nous vous offrons la balance commerciale du Venezuela.

JEAN-CLAUDE **GAUDIN**

JADE : La semaine dernière, plusieurs ministres sont allés à Marseille pour présenter un plan national contre le trafic de drogue…

GAUDIN : Fan de pied de chirchourle !

JADE : Bonjour Jean-Claude Gaudin…

GAUDIN : Pourquoi ils viennent à Maareu-sseille, ces fadas de Parisiens, avec leurs histoires de drogue !

JADE : C'est-à-dire que Marseille est connue pour…

GAUDIN : *(il l'interrompt)* Pour le soleil, pour la mer, et éventuellement pour l'anisette ! Mais certainement pas pour la poudre qui excite, les plantes qui font rire et les cachets qui font planer !

JADE : Quand même… On sait bien depuis la French Connection que Marseille…

GAUDIN : *(il l'interrompt)* Qué French Connection ?! C'est bon pour les films avec Beèèèèlllleu-mondo ! À Maareu-sseille, nous, les seules herbes qu'on fume, c'est les herbes de Provence : on les met dans des papillotes avec le pescadou !

JADE : Attendez, Jean-Claude Gaudin, c'est très bien en tant que maire de vouloir défendre votre ville mais tout de même… Le ministre de l'Intérieur Christophe Castaner a rappelé que le trafic de drogue était lié au trafic d'armes, notamment à Marseille.

GAUDIN : Des armes à Marseille ? Et pourquoi pas une sardine qui bouche le vieux port pendant qu'on y est ! Le seul truc qui pétarade à Maareu-sseille, c'est le pot d'échappement des Ciao des kékés et des cagoles le long du Prado !

JADE : Il y a quand même souvent des fusillades…

GAUDIN : Fariboles ! Si on avait des tireurs d'élite à Maareu-sseille, ça fait longtemps qu'on aurait regagné le titre de champion de France de footeu-baallle, fachte de con !

La question de **Pascal Praud**

PRAUD : Selon une étude publiée par Cadremploi, 8 cadres sur 10 rêvent de quitter Paris pour aller vivre en région. Pourquoi Anne Hidalgo fait-elle ainsi fuir les gens ? Est-ce uniquement à cause de sa politique ? Ou peut-être de son apparence physique ? Anne Hidalgo est-elle une sorcière qui mange des enfants en psalmodiant des incantations à la gloire de Satan ? Je pose la question au 3210.

Hommage à JACQUES CHIRAC

JADE : Jacques Chirac est mort hier à l'âge de 86 ans. Bonjour Nicolas Sarkozy...

SARKOZY : Bonjour... Vous savez ce matin j'ai pas envie de dire du mal... Jacques Chirac, c'était mon papa en politique. Il me disait toujours « *tu quoque mi fili* »... Mais comme je parle pas bien grec ancien, je savais pas ce que ça voulait dire...

JADE : Nous on a une petite idée... Pouvons-nous savoir le rôle qu'a joué Jacques Chirac dans votre vie ?

SARKOZY : Pas de problème... Vous allez à la Fnac et vous achetez mon livre *Passions*, 254 pages, 19,50 euros seulement !

***

DEPARDIEU : Fumière !

JADE : Bonjour Gérard Depardieu, de qui parlez-vous ?

DEPARDIEU : De la grande faucheuse ! Qui nous a enlevé un homme d'une grande valeur...

JADE : Pourtant, à l'époque, vous étiez politiquement plus proche de François Mitterrand que de Jacques Chirac...

DEPARDIEU : Je m'en fous de la politique, moi ! C'est d'la merde, la politique ! Je dis seulement que Jacques Chirac avait LA qualité qui fait qu'un homme est un honnête homme...

JADE : Laquelle ?

DEPARDIEU : L'appétit, nom de Dieu ! M'sieur Chirac, c'était un homme qui savait manger : une tête de veau au petit déjeuner, une tourte à la viande pour la collation de 11 heures, du saucisson, deux trois andouillettes, un poulet fermier pour le déjeuner, des rillettes au goûter, un jambon, un cassoulet et un coq au vin pour le dîner... Le tout agréablement arrosé de 10 litres de Corona pour faire couler !

JADE : **Ouh là ! Je m'sens pas très bien...**

DEPARDIEU : Parce que t'es comme les politiques du nouveau monde là : une petite nature ! Moi ce que je trouve suspect, c'était pas les cravates tachées du midi des sénateurs RPR, c'est les chemises immaculées en coton responsable des écolo-macronistes qui mangent des graines... Fumiers !

* * *

JADE : **Monsieur Hollande, vous voulez réagir à la mort de Jacques Chirac ?**

HOLLANDE : Un peu que je veux réagir ! Parce que même si on était adversaires politiques, c'était avant tout un compatriote de la Corrèze, et ça, ça crée des liens.

JADE : **Expliquez-nous... Ça veut dire quoi, être corrézien, en un mot ?**

HOLLANDE : Tripou.

JADE : **Comment ça, « tripou » ?**

HOLLANDE : Tu me demandes de te répondre en un mot, je te réponds en un mot. Un Corrézien, ça mange du tripou, et c'est un point commun que j'avais avec Chichi-la-Tortore.

JADE : **Chichi-la-Tortore ?**

HOLLANDE : Affirmatif. C'était son petit surnom. Et moi il m'appelait Fanfan-la-Pelleteuse, rapport à mon coup de fourchette qui forçait son admiration.

JADE : **D'accord, mais on ne peut pas parler d'autre chose que de nourriture ? On vient déjà de le faire avec Gérard Depardieu...**

HOLLANDE : Mais si. On peut parler gonzesses aussi. Parce que pour la bagatelle, Chichi-la-Turbine, c'était pas le dernier.

JADE : **Non merci, ça ira, bonne journée, monsieur Hollande.**

* * *

JADE : **Bonjour monsieur Giscard d'Estaing, vous aussi vous voulez rendre hommage à Jacques Chirac ?**

VGE : Oui... Parce que sa disparition... ça me fait quelque chose...

JADE : **Oui, je comprends...**

VGE : Rendez-vous compte, quand je l'ai connu il était haut comme trois pommes. Il était toujours de bonne humeur, toujours à faire des blagues...

Le bruit et l'odeur, les essais nucléaires... Ah, qu'est-ce qu'on rigolait avec le petit Jacques... Il est parti si jeune...

JADE : **Si jeune, c'est relatif, il nous quitte quand même à l'âge de 86 ans. Il aura bien vécu.**

VGE : Mais 86 ans, c'est l'âge de la maturité ! Avant 86 ans on n'est rien, on est un avorton, comme ce Maaaâcron qui prétend nous gouverner alors qu'il est pas encore sorti des couches de sa Brigitte... Mais je ne suis pas là pour parler de lui. Je voudrais rendre un dernier hommage à Jacques en chantant une petite chanson.

JADE : **Allez-y, on vous écoute.**

♫ *Musique accordéon*

♫ *Au revoir, frère Jacques*
Je ne t'oublierai pas
À ta mémoire, Chirac
J'débouche une Corona
Ah Jaco Jaco Jaco, roi de Corrèze, roi de Corrèze
Ah Jaco Jaco Jaco, roi des Corrèze, roi des couillons ♫

***

JADE : **Bonjour Fabrice Luchini.**

LUCHINI : Péguy a dit... Pas Péguy la cochonne du *Muppet Show*, non, Charles Péguy, l'immense écrivain... Péguy a dit : « On reconnaît les honnêtes gens à ce qu'ils font leurs mauvais coups avec plus de maladresse que les autres. » C'est énorme ! Tu vois, je trouve que cette citation, elle va bien à Chirac...

JADE : **Pourquoi donc ?**

LUCHINI : Parce qu'on va pas se mentir, derrière Chirac, il y a un bruit de casseroles, et pas seulement parce qu'il a été marié à la France pendant douze ans... Mais tu vois, la Jade, je crois que je préfère encore le bruit des casseroles, la musique de la vie, au silence de cette époque si lisse...

OCTOBRE

MACRON SE CHIRAQUISE

MARINE LE PEN DÉJÀ EN CAMPAGNE

LA PAROLE AUX COLLAPSOLOGUES

LE VATICAN RUINÉ

... ET LES QUESTIONS DE PASCAL PRAUD

ALAIN FINKIELKRAUT/JEAN D'ORMESSON

Volupté de fin gourmet

JADE : Événement tout à l'heure sur RTL : Stéphane Bern recevra Alain Finkielkraut dans *À la bonne heure*. Pour se préparer à ce rendez-vous, l'académicien a pu compter sur les conseils célestes d'un autre immortel.

FINKIELKRAUT : *(bruit de journal froissé)* Voilà, je lis la presse féminine, car je sens bien qu'on ne va pas manquer à RTL de persifler sur ma prétendue misogynie réactionnaire... et je tombe sur un article du magazine *Elle* consacré à la gastronomie française, deux points, j'ouvre les guillemets : « Le snacking se fait ici food porn avec des assiettes pimpées parfaitement instagrammables » gna gna gna gna gna pauvres connes !

D'ORMESSON : Alain ? Alain Finkielkroooooot ? C'est moi, Jean d'Ormesson. J'espère, cher confrère toujours vert, ne point vous importuner dans votre soliloque.

FINKIELKRAUT : Vous ne me dérangez jamais, cher Jean. Je vitupérais contre ces locuteurs progressistes qui, non contents d'avoir rabougri le vocabulaire et mis en miettes la syntaxe, infestent notre belle langue française d'anglicismes, n'ayant là pour objectif, comme le soulignait déjà Heidegger, que de mobiliser les hommes dans une perspective seulement utilitaire. Ce nouvel idiome est une pâte molle mais surtout la pire des tyrannies maquillée par l'humanisme béat de la bien-pensance !

D'ORMESSON : Je vois que vous êtes d'humeur primesautièèèèère ! Je comprends votre courroux, mais je vous encourage, cher Alain, pour éviter l'ulcère, à vous installer devant la mer, lire d'un œil les *Mémoires* de Chateaubriand et d'un autre observer les jolies femmes en costume de bain.

FINKIELKRAUT : Si je fais cela, mon cher Jean d'Ormesson, on va me traiter de porc, m'accoler un hashtag MeeToo, ou pire : dire que je suis un idiot !

D'ORMESSON : Comme me le disait hier Courteline à la surpatte organisée en l'honneur de Sarah Bernhardt : « Passer pour un idiot aux yeux des imbéciles est une volupté de fin gourmet. »

La question de **Pascal Praud**

PRAUD : Je prends le journal *La Charente libre* et je lis, c'est authentique : l'hôpital de Limoges vient d'être condamné pour un testicule perdu à la suite d'une erreur de diagnostic... Doit-on aller chercher ce testicule perdu à la cafétéria de l'hôpital ? Pensez-vous qu'il y a eu une couille dans le potage ? Je pose la question au 3210.

FABRICE LUCHINI / FRANÇOIS HOLLANDE

Le tombeur de ces dames

JADE : Fabrice Luchini est en promotion dans les médias pour son nouveau film à l'affiche *Alice et le maire*. À cette occasion, il a fait quelques commentaires sur le personnel politique et notamment sur François Hollande, le qualifiant, je cite, de « queutard »...

HOLLANDE : Nooooooooon ! Queutard, je l'ai entendu, ça ! Je dis : nooooooon ! Je ne suis pas qu'un sexe sur pattes ! Sous la teinture, il y a aussi un cerveau !

LUCHINI : T'énerve pas, Fanfan ! Quand je dis que t'es une libido en marche, c'est un compliment que j'te fais. T'avoueras que t'as pas, a priori, un physique à faire tomber les meufs... Surtout que t'as eu dans ton pieu des « be-bom hallucinantes » ! Tu vois, t'illustres parfaitement cette phrase du grand philosophe Jean-Claude Dus : « Oublie que t'as aucune chance, vas-y, fonce, sur un malentendu, ça peut marcher. »

HOLLANDE : Mais... Je... Nooooon ! Je suis d'abord un homme politique, un homme d'État.

LUCHINI : C'est là où t'es génial, Fanfan ! Avec la France, t'as fait comme avec les meufs ! Quand t'étais à 5 %, personne n'y croyait. Avec ta tête d'épicier, on t'imaginait plus chez Félix Potin qu'à l'Élysée. Et pourtant tu y es arrivé ! T'es un génie, Fanfan !

JADE : François Hollande n'a pas l'air d'être d'accord...

LUCHINI : Tu vois, la Jade, c'est ça qu'est beau chez Fanfan, c'est qu'il n'a aucun sur-moi...

HOLLANDE : Mais... Je... Je suis de gauche !

LUCHINI : Mais oui t'es de gauche ! Tu incarnes la gauche ! C'est l'égalité... Regarde : t'es pas Brad Pitt et pourtant t'es à égalité avec lui : t'arrives à pé-cho des meufs ! Oscar Wilde disait : « Le démocrate exige que tous les citoyens prennent le départ sur la même ligne. L'homme de droite estime qu'on devrait en arrêter quelques-uns en route. L'homme de gauche voudrait qu'ils finissent tous premier. »

HOLLANDE : Mais... Je... J'ai rien compris, mais je dis : ouiiiiiiiii !

QUI N'EN VEUT DES COLLAPSOLOGUES

JADE : Ils sont de plus en plus nombreux à l'image de l'ancien ministre, Yves Cochet, à devenir collapsologues, c'est-à-dire à se préparer à la fin du monde industriel en raison des bouleversements climatiques. Un phénomène qui a même atteint nos amis les Deschiens.

MOREL : 3615 code Qui-n'en-veut-de-la-collo... de-la-collapo... de-la-collola... aaaaah ! de la collapeussologie avec aujourd'hui mon gars Bruno Lochet... Alors mon Bruno, t'es-tu un cousin du célèbre collaspo... collospa... aaaaah ! collapsologue Yves Lochet ?

LOCHET : Bah non passque moi, c'est Lochet avec un L alors que lui c'est Cochet avec C... comme le capitaine... le capitaine Cochet !

MOREL : Je crois mon gars Bruno que toi aussi tu t'es préparé à la fin du monde quand il y aura plus de pétrole ?

LOCHET : Ah ben j'ai tout prévu pour que la camionnette, elle marche encore... J'ai fait des stocks de Gibolin et j'ai installé m'sieur Saladin comme qui dirait à demeure.

MOREL : Oh oh ! M. Saladin à demeure... Alors ça, même le capitaine Yves Lochet, il y avait pas pensé ! Mais dis-moi, c'est quoi le rapport avec la collasso... la calogero... la callospa... aaaah ! la collapsologie ?

LOCHET : Ben c'est simple ! Quand y aura plus de diesel à mettre dans la camionnette, j'f'rai boire du Gibolin à m'sieur Saladin, y pissera dans le réservoir et croyez-moi l'estafette, elle va galoper ! Comme ça, même si y a plus de pétrole, ben j'pourrai quand même aller faire mon Bingo et boire un p'tit jaune avec les copains !

MOREL : Ah oui mais comme ce sera la fin du monde, mon Bruno, il y aura pas de coups à boire avec les copains, faudra rester chez soi !

LOCHET : Bon ben alors ce que j'vais faire, c'est m'débarrasser de ma bonne femme comme ça j'pourrai attendre la fin du monde tranquille en mangeant des Pépito devant la télé sans qu'elle vienne me casser les oreilles !

MOREL : Alors je dis attention, mon Bruno ! Si tu parles de te débarrasser de ta bonne femme, tu risques d'avoir affaire à Muriel Robin, et Muriel Robin, c'est une dame qui n'est pas commode, elle n'est pas commode !

LOCHET : Ben oui mais du coup c'est quoi la solution ?

MOREL : La solution, c'est que tu changes tes habitudes, mon Bruno : plus de steaks, plus de voiture, plus de télévision, plus de Bingo avec les copains et même plus de sulfites dans le vin !

LOCHET : Ben merci bien, ça c'est pire que la fin du monde ! Je préfère encore être mort !

MOREL : ♫ *Qu'as-tu donc dans ton panier*
La fin du monde, la fin du monde
Qu'as-tu donc dans ton panier
La fin du monde des collapsologues ! ♫

EMMANUEL MACRON/JACQUES CHIRAC

Entrevue secrète

JADE : Depuis le vibrant hommage qu'Emmanuel Macron a rendu au Président Jacques Chirac, l'actuel président de la République a reçu à l'Élysée la visite d'un conseiller pour le moins inattendu.

CHIRAC : Emmanuel ? Emmanuel ? Est-ce que tu m'entends ou est-ce que tu es un peu dur de la feuille ?

MACRON : Ah, c'est vous, monsieur Chirac ? Comment c'est là-haut ?

CHIRAC : M'en parle pas ! Y a rien à se mettre sous la dent ! Ne dis pas au Bon Dieu-te que je te l'ai dit-e, mais on est tous au régime Canetti « Comme j'aime » qu'on n'aime pas ! Ah, je casserais bien une petite graine. Trois douzaines d'escargots, un ou deux jambonneaux et deux bouteilles de blanc bien frais pour faire glisser. Mais dis-moi, Emmanuel, on m'a dit-e que tu voulai-ze te chiraquiser ?

MACRON : Ben ouais, m'sieur Chirac. Parce que tout le monde y vous aime.

CHIRAC : C'est vrai. Mais vois-tu, avant de te faire aimer, il va falloir en boire, de la Corona. Dans les deux à trois litres par jour. Et vu ton gabarit, tu risques de passer plus de temps aux toilettes qu'à serrer des mains et à flatter le cul des vaches.

MACRON : Les vaches, z'en connais plein, m'sieur Jacques. Z'en ai vu au salon de l'Agriculture !

CHIRAC : Nous y voici-te, mon petit Emmanuel. Les vaches, tu crois les connaître, mais tu ne les connais pas tant que tu n'as pas arpenté la campagne en mangeant tout ce qu'on te présente, quels que soient le bruit et l'odeur. Mais tu progresses. Tu as déjà refilé les pièces jaunes à ta femme pour l'occuper, c'est un bon début. Maintenant, il te faut adopter une fille chinoise secrète, c'est important, les enfants cachés. Et n'oublie pas de te mettre au sumo et aux Taïnos.

MACRON : Mais heu, z'y connais rien, moi, en Taïnos ! Comme figurines, ze préfère les Schtroumpfs !

CHIRAC : What do you want !? Do you want me to take my plane and go back home ?

MACRON : D'accord, d'accord, monsieur Jacques. Ze vais m'y mettre.

CHIRAC : À la bonne heure ! Et n'oublie jamais, Emmanuel : si tu veux durer dans ce métier, dissous l'Assemblée nationale !

PATRICK BALKANY

En campagne !

JADE : C'est demain qu'aura lieu le jugement de Patrick et Isabelle Balkany dans le second volet de leur procès pour blanchiment de fraude fiscale et corruption. Nous sommes en duplex de la prison de la Santé...

BALKANY : Diffamation !

JADE : Bonjour à vous aussi. Comment abordez-vous ce procès ?

BALKANY : Je vous avoue que je suis un peu inquiet. J'ai peur de sortir de prison.

JADE : Vous voulez dire de rester en prison ?

BALKANY : Non, non, d'en sortir. Mon trafic de Smartphone fonctionne à merveille, j'ai doublé mon chiffre d'affaires en une semaine.

JADE : Monsieur Balkany...

BALKANY : Vous en voulez un ? J'ai de l'iPhone 11 en stock, profitez-en, y en n'aura pas pour tout le monde.

JADE : Non, merci.

BALKANY : Quoi, c'est du shit que vous voulez ? C'est 10 euros le gramme, je vous en mets combien ?

JADE : Non, je ne veux ni téléphone, ni shit, et j'ai du mal à croire que vous vouliez rester en prison. Vous n'avez pas envie de revoir votre femme, Isabelle ?

BALKANY : Bien sûr que si ! Mais justement : grâce à mes différents trafics, je me suis acheté un lit deux places pour mettre dans ma cellule.

JADE : Et votre fauteuil de maire, il ne vous manque pas ?

BALKANY : Pas du tout. Je suis justement en campagne pour devenir maire de la Santé, et vu que je suis le seul candidat, j'ai toutes mes chances.

JADE : Ce n'est pas sérieux...

BALKANY : Mais si c'est très sérieux. J'ai même un slogan de campagne : « Pour avoir du teu-chi plein les poches, votez Patoche ! »

MARINE LE PEN

En campagne aussi !

JADE : Marine Le Pen a réaffirmé vouloir être présidente de la République en 2022.

MARINE : Mais oui madame ! Ah ah ! Ça vous la coupe !

JADE : Bonjour Marine Le Pen... Alors comme ça vous souhaitez être présidente de la République ?

MARINE : De quoi voulez-vous que je sois présidente ? De l'amicale des boulistes de Montretout ? Non, madame ! C'est de la République FRANÇAISE, madame, que je veux être présidente ! Voilà, comme ça, c'est fait : j'ai levé LE VOILE sur mes intentions, madame ! Vous avez bien entendu : j'ai levé LE VOILE.

JADE : Attention, madame Le Pen, vos propos vont être mal interprétés.

MARINE : Quoi ? Qu'est-ce que j'ai dit ? On n'a plus le droit de lever LE VOILE sur ses intentions ?! Je suis d'ailleurs en mesure de vous annoncer des travaux au siège du Rassemblement national.

JADE : Ah bon ? Dites-nous...

MARINE : Je vais remplacer tous les VOILAGES des bureaux par des stores ! Et c'est pas tout ! J'attaque la mairie de Paris, madame !

JADE : Vous attaquez la mairie de Paris ?

MARINE : Absolument ! Il y a beaucoup trop de Vélib' dont les roues sont VOILÉES, madame !

JADE : C'est pas vrai ?

MARINE : Quoi ? On n'a plus le droit de se battre pour la sécurité des français, fussent-ils bobos parisiens ? Et nous n'allons pas nous arrêter là. J'investirai des candidats du Rassemblement national aux municipales sur toute la côte atlantique, madame.

JADE : Ah oui, et pourquoi ?

MARINE : Il faut lutter contre les planches à VOILE, madame !

La question de **Pascal Praud**

PRAUD : Le controversé bouquet de tulipes du sculpteur Jeff Koons vient d'être inauguré à Paris... Ces tulipes ressemblent-elles à des anus ? Je pose la question au 3210...

JADE : Merci Pascal...

PRAUD : Si ces tulipes ressemblent à des anus, peut-on dire que c'est une œuvre de merde ? Je pose la question au 3210...

JADE : Voilà ! Merci Pascal...

PRAUD : J'ai pas fini... À 3 millions d'euros le bouquet d'anus, peut-on dire que les Parisiens l'auront une fois de plus dans le cul ? Je pose la question au 3210.

QUI N'EN VEUT DU DUPONT DE LIGONNÈS

JADE : Incroyable fiasco policier et médiatique dans l'affaire Dupont de Ligonnès. L'homme arrêté à Glasgow vendredi soir et dont les empreintes étaient soi-disant celles du tueur présumé de Nantes n'a en fait rien à voir avec lui. C'est ce qu'ont révélé des tests ADN. Un emballement qui n'a pas échappé à nos amis les Deschiens.

MOREL : 3615 code Qui-n'en-veut-du-Dupont-de-Ligonnès avec aujourd'hui mon gars Bruno Lochet... Alors comment t'appelles-tu, mon Bruno ?

LOCHET : Ben Bruno Lochet !

MOREL : Dis-moi, mon Bruno, tu t'appellerais pas plutôt Xavier Dupont de Ligonnès ?

LOCHET : Ben non ! J'sais pas qui c'est, moi, Xavier Dupont Machin !

MOREL : Oui ben, ils disent tous ça, hein, mon Bruno ! Ça les empêche pas d'être tous des Xavier Dupont de Ligonnès ! Alors tu vas me donner tes empreintes... Tes empreintes végétales des mains.

LOCHET : Ben si vous voulez, moi j'm'en fous puisque je sais bien que j'suis pas l'aut', là, Xavier Dupont de l'Alma...

MOREL : Mais qu'est-ce que je vois là, mon Bruno, tu as des doigts ? Tu as des doigts !

LOCHET : Bah ouais, j'ai des doigts, et alors ?!

MOREL : Et qui c'est qui a aussi des doigts ? Xavier Dupont de Ligonnès ! Comme par hasard ! Alors mon Bruno... enfin devrais-je dire mon Xavier... je vais te livrer aux policiers écossais... Et je te préviens, les policiers écossais, c'est des gars qui sont pas commodes... Ils ne sont pas commodes !
♫ *Qu'as-tu donc dans ton panier*
Des empreintes, des empreintes
Qu'as-tu donc dans ton panier
Des empreintes de Dupont de Ligonnès ♫

ALAIN SOUCHON

Allô Hidalgo bobo

JADE : Alain Souchon, très présent dans les médias depuis la semaine dernière avec la sortie de son nouvel album, s'est confié au *Figaro*, notamment sur sa ville, Paris, qu'il trouve très sale. Bonjour Alain Souchon.

SOUCHON : Oui bonjour... C'est sympa la matinale... On a encore la trace de l'oreiller sur la joue... On a les yeux qui collent... On touille son café avec le stylo que le voisin de bureau s'est mis dans l'oreille... C'est sympa...

JADE : Revenons plutôt, Alain, sur vos déclarations à propos de la saleté à Paris, qui pourtant, dites-vous, ne va pas vous faire quitter la capitale...

SOUCHON : Non mais c'est sympa la saleté... Y a des crottes de chien, on glisse dessus, on est déséquilibré, du coup on se met à danser... C'est sympa tous ces gens qui dansent le jerk dans les rues de Paris... C'est festif... Alors on peut dire merci aux caniches, aux labradors et à Anne Hidalgo...

JADE : Toujours dans la même interview, vous parlez des trottinettes électriques qui envahissent Paris.

SOUCHON : C'est sympa, les patinettes... On fait du 120 kilomètres/heure rue de Rivoli dans les embouteillages... On fait la course avec les livreurs en scooter qui nous insultent... Et puis après on jette la patinette sur le trottoir, ni vu ni connu... Les bobos pensent que c'est une œuvre d'art moderne... Pensez à abandonner votre patinette devant la Fiac, vous pourrez devenir millionnaire, c'est sympa...

JADE : Vu comme ça...

SOUCHON : Moi, je soutiens Anne Hidalgo parce qu'elle est écolo... C'est sympa de sauver des espèces en voie de disparition...

JADE : Anne Hidalgo a sauvé des espèces en voie de disparition ?

SOUCHON : Y en a qui réintroduisent des ours dans les Pyrénées, elle, elle a réintroduit les rats à Paris... C'est sympa, les rats, avec leur petit museau dans les petites poubelles parisiennes qui cherchent des restes de quinoa... Et puis elle veut réintroduire les poules aussi...

JADE : Les poules ?

SOUCHON : Ben oui, elle a mis des nids-de-poule dans tout Paris, j'imagine que c'est pas juste pour faire joli... C'est sympa, les nids-de-poule, on tombe dedans avec notre vélo électrique, on fait une chute de deux mètres, y a les pompiers qui viennent avec leurs lumières et leur sirène, c'est joli, c'est festif, c'est sympa... Ça me donne envie d'ajouter une chanson douce-amère à mon nouvel album :

♫ *Oh là là avec Hidalgo*
Tous les rats et les travaux
Les patinettes des bobos
Paris c'est plus vraiment beau ♫

ALORS, QUI C'EST QUI REGRETTE LE BON TEMPS DU PÈRE FRANÇOIS ?
EUH... PERSONNE.

FRANÇOIS HOLLANDE

BEST-SELLER

JADE : On ne l'arrête plus ! Après *Les Leçons du pouvoir*, François Hollande publie le 23 octobre un nouveau livre intitulé *Répondre à la crise démocratique*.

HOLLANDE : Ça éclabousse !

JADE : Bonjour François Hollande.

HOLLANDE : *Répondre à la crise démocratique*, ça claque, comme titre, tu trouves pas, la môme ?

JADE : Disons qu'on a connu plus vendeur, mais...

HOLLANDE : J'ai la science du titre... Après *Les Leçons du pouvoir*, v'là *Répondre à la crise démocratique*. Puis après je ferai le troisième tome, qui s'intitulera *Comment réussir quand on a tout raté*. Et j'en connais un rayon !

JADE : Dans le ratage ?

HOLLANDE : Non ! Dans la réussite ! Dis donc, la môme, faudrait voir à changer de ton avec mézigue. N'oublie pas que t'as affaire à un gars qui pond des best-sellers à la vitesse d'une poule au galop... T'as vu comme j'ai le sens de la formule ?

JADE : Oui, enfin, « une poule au galop », ça ne veut rien dire, mais...

HOLLANDE : Mais t'entraves que dalle ou quoi ?! J'fais du Katherine Pancol ou du Raphaëlle Giordano qui ont réussi, excuse-moi du peu, à caler des millions de bibliothèques avec *Les écureuils de Central Park sont tristes le lundi* ou *Le Jour où les lions mangeront de la salade verte*... Que des hits ! C'est ça qu'il faut faire : glisser un animal qu'a rien à voir avec la choucroute dans une phrase à la con.

JADE : C'est-à-dire ?

HOLLANDE : C'est-à-dire que le quatrième tome de ma saga à succès s'appellera... tiens-toi bien, la môme, ça va s'couer... *Les Larmes de l'éléphant socialiste quand il pédale dans le yaourt*.

BONG !
AÏE...

PAPE FRANÇOIS
PLOU OUNE THOUNE !

JADE : Le livre du journaliste italien Gianluigi Nuzzi inquiète l'Église catholique : le Vatican serait proche de la ruine...

JADE : Bonjour pape François...

PAPE FRANÇOIS : Y é plou oune thoune !

JADE : Oune thoune ?

PAPE FRANÇOIS : Des pépettes, dou pèze, y é souis à sec, sœur Yade... Yé plou un kopek, Yvousse Calvinousse dé la matinalousse ! Faites oune petite yeste, y é souis rouiné.

JADE : C'est à ce point-là ?

PAPE FRANÇOIS : Mes évêques ne peuvent même plou nourrir leurs femmes et leurs enfants, c'est oune catastrophe !

JADE : Vous n'avez pas de solution ?

PAPE FRANÇOIS : Yé vé mettre toutes mes robes sour Le Bon Coin, mais c'est dou 52 et yé lou lé magazine *Elle* spéciale fashion week et yé vou qué lé blanc, c'est plou à la mode !

JADE : Vous ne croyez pas au miracle ?

PAPE FRANÇOIS : Yé essayé de moultiplier les biffetons, mais ça marche pas...

JADE : Tiens, bonjour François Lenglet !

LENGLET : Après le pape François, place au pape de l'économie, le pape François Lenglet...

JADE : Justement, pouvez-vous nous éclairer sur la quasi-faillite du Vatican ?

LENGLET : Le Vatican est dans le CACA...

JADE : Pardon ?!

LENGLET : Oui, le Vatican est dans le Capital Actif de Cotation Améliorée, le CACA.

JADE : C'est-à-dire ?

LENGLET : C'est-à-dire que le Vatican doit absolument investir l'argent qu'il lui reste en étant plus actif sur les marchés. En clair : le Vatican doit se sortir les DOI du CUL.

JADE : Enfin, François !

LENGLET : Mais si ! Le Vatican doit se sortir des Devises Obligataires Identifiées, les DOI, du Coefficient Unitaire Libératoire, le CUL.

JADE : Bon... Eh bien merci, François, c'est beaucoup plus clair maintenant.

LENGLET : Je vous en prie. Et en prime, je vous offre un conseil de placement idéal : Belle de jour.

JADE : C'est coté au CAC 40 ?

LENGLET : Non, c'est dans la 5e à Longchamps.

La question de **Pascal Praud**

PRAUD : Les policiers écossais ont pris un aimable retraité pour le quintuple tueur Xavier Dupont de Ligonnès... Peut-on faire confiance à des messieurs qui portent des kilts ? Je pose la question au 3210.

JADE : Bien ! Merci Pascal !

PRAUD : J'ai pas fini ! Les policiers écossais ont pédalé dans la semoule... Peut-on faire confiance à des messieurs qui ne portent pas de slip sous leur kilt ? Je pose la question au 3210.

BRIGITTE ET EMMANUEL MACRON

KING CREOLE

JADE : Emmanuel Macron est rentré à Paris après une visite de quatre jours dans les Outre-mer de l'océan Indien. Une visite mouvementée, notamment à La Réunion, où le président de la République a été pris à partie. Voyons comment s'est passé son retour à l'Élysée, où il a retrouvé son épouse, Brigitte.

MACRON : C'est mooooooiiiiiii ! T'es contente de me revoir, Brizitte ?

BRIGITTE : Visiblement plus que les Réunionnais ! Tu n'as pas pu t'empêcher d'aller faire ton kéké en bras de chemise ! C'est toujours pareil quand tu vas dans les îles. J'avais pourtant dit à Muriel Pénicaud de surveiller ta consommation de rhum coco ! Tu veux finir comme Castaner ?

MACRON : Mais heuuu ! Ze l'ai quand même bien remis à sa place, le type à casquette qui a voulu faire son one-man-show avec moi...

BRIGITTE : Je t'ai déjà dit, Emmanuel, qu'on ne parlait pas avec les messieurs à casquette. Et encore cette fois-ci, tu n'as pas fait des selfies avec de jeunes zazous des îles torse nu qui font des gestes obscènes...

☎ *Driiing !*

BRIGITTE : Et allez ! À tous les coups, c'est Francky Vincent qui veut te proposer un duo... Nous v'là dans de beaux draps ! Case des Macron, j'écoute !

LINE : Allô Brigitte, c'est Line Renaud ! Eskiz a moin d'vous déranger... Kwélafé ? Lé la ou lé mol ?

Brigitte : Pardonnez-moi, Line, mais je ne comprends rien à ce que vous racontez !

LINE : C'est du créole. Je voulais savoir si Emmanuel n'avait pas abusé du rougail saucisse... et pire encore des bonbons piments ?

BRIGITTE : Je ne sais pas mais à chaque fois qu'il va dans les îles, il est comme possédé !

LINE : Demandez-lui ce qu'il a bu... Mais qu'est-ce que tu bois, doudou, dis donc ?
♫ *Oasis oasis c'est bon c'est bon* ♫

BRIGITTE : ♫ *Oasis oasis tout le monde aime ça* ♫

LINE : ♫ *Oasis oasis oh* ♫

BRIGITTE : ♫ *Oasis oasis ah* ♫

PHILIPPE BOUVARD LA PENSÉE DE LA SEMAINE

BOUVARD : L'autre jour, en regardant *Quotidien* de Yann Barthès, je me disais que le cynisme est le comble de la franchise dans une société d'hypocrites. Je vous laisse le temps d'y réfléchir, ma p'tite Paulette, prenez votre temps, hein !

NOVEMBRE

LE RETOUR SYMPHONIQUE DE JOHNNY

LES CHANTEURS FRANÇAIS AU SECOURS DE BALKANY

LE *J'ACCUSE* DE POLANSKI

LE *COURAGE* DE CÉLINE DION

... ET LES QUESTIONS DE PASCAL PRAUD

FRANÇOIS BAYROU

PLAN B

BAYROU : Bonjour mademoiselle Jade, bonjour monsieur Calvi et bonjour le plan B.

JADE : Le plan B ?

BAYROU : Vous n'avez pas lu mes déclarations fracassan-tes su-re les municipales à Paris ? Je ne crois pas à l'affe-rontement stérile entre Benjamin Griveaux et Cédric Villani. Voilà pourquoi je dis à Emmanuel : il faut un plan B. B comme Bayrou.

JADE : Mais encore ?

BAYROU : Un cavalier qui sure-git hors de la nuit court vers l'aventure au galop. Son nom, il le signe à la pointe de l'épée, d'un B qui veut dire Bayrou.

JADE : Excusez-moi, mais je ne comprends rien du tout...

BAYROU : Entre Griveaux, l'homme invisible, et Villani, l'homme-araignée, il faut un vengeur masse-qué dont le nom commence par B et finit par Rou.

JADE : B-Rou... Vous donc !

BAYROU : Hop hop hop hop ! Je vous demande d'être discrète, mademoiselle Jade. Regardez, je mets mon masque et vous ne me reconnaissez pas.

JADE : Ah ben si... On vous reconnaît, il y a vos oreilles qui dépassent.

BAYROU : Hop hop hop hop ! Je fais mine de patienter sur mon Pau, mais j'avance masse-qué et je finirai bien par remporter Paris.

JADE : Vous ne comptez tout de même pas abandonner Pau pour vous présenter à Paris ?

BAYROU : Bien sû-re que non, ce serait trop facile. Après avoir aque-tionné le plan B, je vais dégainer mon plan D.

JADE : Votre plan D ?

BAYROU : D comme Deneux. Marcel Deneux, le doyen de mon Modem, sera la pierre angulaire de mon plan Q.

JADE : Pardon ?!

BAYROU : Mon plan Q comme Quotidien. Le Modem va s'immiscer dans le quotidien des Parisiens pou-re les municipales. Et de ce plan Q, il a pris la tête, Deneux.

JADE : Merci François Bayrou...

BAYROU : Grâce au machiavélisme politique de mon plan B, à Paris, Emmanuel va bien se plan T.

NON, MAIS... EUH ATTENDEZ, LAISSEZ-MOI PASSER, JE SUIS AVEC LE PRÉSIDENT. IL ME CONNAÎT ! HÉ, EMMANUEL, DIS-LEUR ! EMMANUEL !
ALLEZ, MONSIEUR, PARTEZ SANS FAIRE D'HISTOIRES, S'IL VOUS PLAÎT...
NON, MAIS QUEL CON !

LES CHANTEURS POUR BALKANY

JADE : Patrick Balkany pourrait être libéré moyennant une caution de 500 000 euros. L'ancien maire de Levallois, qui se dit incapable de régler cette somme, peut toutefois compter sur la solidarité de certains de ses administrés et surtout sur nos plus grands artistes...

***La mairie de Levallois, les Levalloisiens reconnaissants et Universal Fraudeur présentent* Les Chanteurs pour Balkany, *une compilation unique dont les bénéfices permettront de payer la caution de l'ancien maire de Levallois. Inclus, le tube de Fernandel,* Balkany aussi !.**

(Sur l'air de *Félicie*)
♫ *C'est dans un coin de Levallois*
Que j'ai rencontré Balkany
Il arrivait de sa villa
Et moi j'arrivais en taxi
Je trouvai vite une occasion
D'engager la conversation...

Il faisait un temps superbe
Je me suis assis sur l'herbe
Balkany aussi

J'pensais les impôts bourgeonnent
Et les taxes aussi boutonnent
Balkany aussi

Près de nous sifflait un merle
Et le fisc faisait des perles
Balkany aussi

Un clocher sonnait tout proche
Il avait une drôle de cloche
Balkany aussi ! ♫

Les Chanteurs pour Balkany, *l'album du cœur et de la nostalgie. Avec Michel Sardou dans son tube inoubliable* Au temps béni des Balkany.

(Sur l'air de *Au temps béni des colonies*)
♫ *Moi monsieur j'ai connu des gens,*
Pasqua, Sarkozy, Devedjian.
Moi monsieur, j'ai eu la belle vie,
Au temps béni des Balkany.
Patrick c'était not'guide suprême
Au temps glorieux des Hauts-de-Seine.
C'était Byzance à la mairie,
Au temps béni des Balkany.
On pense encore à toi, Levallois.
Dis-nous ce que t'as pas, on en a.
Y a plus d'riad, plus de pots-de-vin, plus d'finances
À la Santé, mais des idées, nous on en a.
Nous on pense,
On pense encore à toi, Levallois.
Dis-nous ce que t'as pas, on en a ! ♫

***Avec aussi Joe Dassin dans* La Mairie !**

(Sur l'air de *L'Amérique*)

♫ *Mes amis, il faut m'libérer*
La prison, ça va j'ai donné
Car elle m'attend depuis que je suis né, ma mairie !
J'ai offert aux Levalloisiens,
Tant de choses qu'ils aimaient bien
Je dois revenir par le même chemin, à ma mairie !
Ma mairie, ma mairie, je veux la r'voir et je l'aurai
Ma mairie, ma mairie, si c'est un rêve, je le saurai
Toutes les enquêtes du fisc, tous les articles des journaux
M'empêcheront pas de retrouver l'Eldorado, de ma mairie ♫

***Dans* Les Chanteurs pour Balkany, *retrouvez également la chanson fétiche de Gilbert Bécaud :* Balkany.**

(Sur l'air de *Nathalie*)
♫ *Toutes les caisses étaient vides*
Dedans piquait Balkany
Il avait un joli nom mon maire
Balkany, Balkany
Le maire était en prison
En vain prêchait Moretti
Plus rien pour payer sa caution
Balkany, Balkany ♫

***Avec aussi Charles Aznavour dans* Levallois.**

(Sur l'air de *La Mamma*)
♫ *Ils sont venus,*
Ils sont tous là,
Dès qu'ils ont entendu son cri
Il veut revenir, Levallois
Ils sont venus
Ils sont tous là
Y a même Isabelle Balkany
Ils font la queue à la mairie
Avec des euros plein les bras
Les électeurs pleurent en silence
Autour du maire à la Santé
Mais les juges jeux n'ont pas d'importance
Il va revenir, Levallois... ♫

Les Chanteurs pour Balkany, ***un disque solidaire à régler en liquide ou en nature à la mairie de Levallois. Également disponible au moulin Balkany de Giverny, à la villa Pamplemousse de Saint-Martin et au riad de Marrakech !***

Placement en liquide

JADE : Depuis la semaine dernière, les Français peuvent acheter des actions de la Française des jeux. On en parle avec notre expert en économie, François Lenglet. Alors François, la FDJ est-elle un placement intéressant pour les Français ?

LENGLET : C'est le cas de tous les placements qui relèvent du Fond d'Investissement à Objectif Nivelé, le FION. Comme l'a très justement observé l'Institut Jackie et Michel des conjonctures économiques, le consommateur aime l'avoir dans le FION. On a donc tout intérêt à investir dans la FDJ, et c'est aussi l'avis de Mme Vase.

JADE : Mme Vase ?

LENGLET : Oui, Mme Vase, Line de son prénom. C'est une consœur experte en placements financiers à la banque Marc Dorcel. Eh bien selon Vase Line, la Française des jeux est un placement qui restera dans les anales !

LAURENT DELAHOUSSE

un.jour | un:destin

PATRICK BALKANY

JADE : Patrick Balkany défraie la chronique depuis tant d'années qu'il était normal que Laurent Delahousse consacre un numéro inédit de son émission culte *Un jour un destin* au maire de Levallois.

♫ *Générique* Un jour un destin

BALKANY : Je suis l'homme le plus honnête du monde !

DELAHOUSSE : Voici donc l'histoire d'un homme condamné par la justice pour détournement mais dont les administrés organisent une cagnotte pour le sortir de prison...

BALKANY : Siou plaît... Moi pas avoir de caviar à manger... Donnez à moi ou à femme Isabelle 500 000 balles en petites coupures ou en tickets resto...

DELAHOUSSE : L'histoire d'un baron du 92 qui a longtemps accompagné celui qui, après avoir dirigé les Hauts-de-Seine, a conduit aux destinées de la France...

SARKOZY : Vous voulez que je vous dise quoi que je pense de Patrick Balkany ? Ben j'vais vous l'dire... Toujours la main sur le cœur et toujours le porte-monnaie dans la poche intérieure du veston... Ich, ich, ich... mais j'suis pas là pour dire du mal...

DELAHOUSSE : Patrick Balkany, ou le destin d'un homme qui a connu les cimes du pouvoir et les crachats, le luxe et la déchéance, l'amour et la haine...

BALKANY : Diffamation ! J'ai jamais eu un rond !

DELAHOUSSE : Patrick Balkany, ou l'histoire d'un homme qui est passé de la villa Pamplemousse à Saint-Martin à la prison de la Santé à Paris.

BALKANY : Mensonge ! Ce que vous appelez villa Pamplemousse est en fait une bicoque, quasiment une cabane de jardinier de 1 600 mètres carrés avec un pauvre pédiluve de 40 mètres seulement !

SARKOZY : Pamplemousse, pamplemousse, c'est vite dit... Mon Patrick, il a jamais aimé les pamplemousses... Lui c'qui préfère, c'est les oranges... Ça tombe bien, hein ? J'vais lui en apporter... Ich, ich, ich...

La question de **Pascal Praud**

PRAUD : Oui. Lundi prochain aura lieu la cérémonie commémorative du 11 Novembre. Pour la première fois cette année, il n'y a plus aucun poilu encore en vie pour témoigner. Les barbus ont-ils remplacé les poilus en France ? Existe-t-il un grand remplacement pileux ? Je pose la question au 3210.

JADE : Merci Pascal.

PRAUD : J'ai pas fini. Qu'est-ce qui nous prouve que la lumière du frigo est vraiment éteinte une fois qu'on a fermé la porte du frigo ? Je pose la question au 3210.

Johnny SYMPHONIQUE

JADE : L'album symphonique posthume de Johnny Hallyday orchestré par Yvan Cassar bat des records de vente. Plus 100 000 disques ont déjà été écoulés. Voilà qui a sans doute occasionné une nouvelle visite de Johnny à celle qui dit encore l'entendre : son épouse Laeticia.

JOHNNY : Latiatia... Latiatia ! Un deux, un deux, test micro... Paris Bordeaux Le Mans Stade de France... Est-ce que quelqu'un m'entend ici-bas ?

LAETICIA : C'est toi Mamour ?

JOHNNY : Oui Mamûre, c'est moi Mamûre... Dis-moi Latiatia, le Marc Toesca local du top 50 du ciel qui nous appelle « mes petits clous » (du coup on l'appelle Saint-Cloud... Ha, ha !). Il me dit que j'ai sorti un nouvel album en bas alors que moi je suis en haut... J'y comprends rien du tû !

LAETICIA : Oui Mamour, Yvan Cassar a pris ta voix et l'a mixée avec de nouvelles orchestrations.

JOHNNY : Et son mixeur, Yvan Canard, il l'a acheté au téléshopping ? Est-ce que c'est le même que celui qu'avait Mamie Rock pour nous faire des soupes ?

LAETICIA : Mais non, Mamour... C'est du mixage audio avec ta voix...

JOHNNY : Tu veux dire que Yvan Canard, il a mis ma voix dans un Thermomix ? Et comment il a fait pour avoir ma voix alors qu'il y a aucun micro qu'a un fil assez long pour aller jusqu'au ciel ?

LAETICIA : Enfin Mamour, c'est ta voix d'avant sur des bandes. Et on a ajouté des violons.

JOHNNY : Alors si tu pouvais dire à Yvan Canard d'utiliser plutôt le violon de Renaud Capuçon que celui d'André Rieu, ça m'arrangerait... Je te passe Serge, il a un truc à te dire...

GAINSBOURG : Allô, ma p'tite cocotte ?

LAETICIA : Oui, Serge...

GAINSBOURG : Elle est mignonne, la p'tite cocotte... Alors comme ça Johnny est en tête des charts ? Classieux ! Ça doit en faire des biffetons... Tu me mets des billets de 500 dans une valise et tu me l'envoies... J'pourrais en brûler quelques-uns, ça me distraira... Si j'aime ça ? Affirmatif !

ROMAN POLANSKI

JADE : La sortie de *J'accuse*, le nouveau film de Roman Polanski, est perturbée par les accusations de Valentine Monnier. Bonjour Roman Polanski.

POLANSKI : Oui, vraiment bonjour. C'est embêtant, parce que pendant qu'on parle de moi, on ne parle pas de mon film. Et je n'ai pas envie de violer la vedette à mes acteurs, vraiment.

JADE : Vous voulez dire de « voler » la vedette...

POLANSKI : Oui pardon, ma langue a fourché, je n'ai pas envie de violer mes acteurs, vraiment. D'autant plus que le rôle féminin est tenu par mon épouse, Emmanuelle Seigner, et qu'elle est donc consentante pour coucher avec moi, vraiment. Cette polémique est absurde, il ne faut pas se violer la face.

JADE : Se voiler la face...

POLANSKI : Oui pardon, ma langue a encore fourché, je n'ai pas envie de me violer la face, je ne suis pas assez souple pour ça, vraiment. Alors s'il vous plaît, arrêtez de parler de cette affaire, et parlons plutôt de mon film, *J'abuse*.

JADE : C'est pas *J'abuse*, c'est *J'accuse*. Mais le message est passé, monsieur Popolanski.

La question de **Pascal Praud**

PRAUD : Une question de politique : Donald Trump et Boris Johnson sont les leaders les plus en vue du moment et ils sont blonds. Pour avoir l'air sérieux, François Hollande doit-il se faire une Minivague et se teindre en blond ? Ze pose la question et z'attends vos commentaires au 3210.

NICOLAS SARKOZY

Homme providentiel,  libre de suite

SARKOZY : *(tout guilleret)* ♫ *Siffler en travaillant... la la la la la la la...* ♫

JADE : Bonjour Nicolas Sarkozy... Vous avez l'air bien guilleret ce matin...

SARKOZY : J'étais en train de livrer les petits déjeuners continentaux aux clients des hôtels internationals que je m'occupe et je me suis dit : entre le bacon des Saoudiens de la 107 et les loukoums des rosbifs de la 108... ou l'inverse, j'me goure toujours... j'vais aller faire un p'tit bonjour à mes matinaliers préférés... ♫ *Tin tin tin tin tin...* ♫

JADE : C'est gentil, monsieur Sarkozy... J'imagine que vous n'êtes pas venu nous voir juste pour nous communiquer votre bonne humeur ?

SARKOZY : Vous êtes formidables, vous autres les journalistes à servir à vos auditeurs que du clafoutis d'information avec des morceaux de mauvaises nouvelles dedans...

JADE : Vous avez une bonne nouvelle à nous annoncer ?

SARKOZY : Bon ben je vais faire votre travail à vot' place... Vous inquiétez pas, j'ai l'habitude. Qui que c'est qui est d'après Ipsos (avec ton pain... Ich, ich, ich...)... Qui que c'est qui est la personnalité préférée des électeurs de La République en marche (mais on sait pas où), hein ? Eh ben c'est moi.

JADE : Bravo Nicolas Sarkozy !

SARKOZY : Ne me félicitez pas... Vous savez, moi, je ne suis que modestie... Et juste comme ça, sans me vanter, qui que c'est qu'est en tête chez les Républicains ?

JADE : Vous, je suppose...

SARKOZY : Mais vous êtes devin, mademoiselle Jade, plus forte que Christine Haas ! 82 %, c'est quoi que je fais chez les Républicains, un score de république bananière. J'suis le Mobutu de la droite. Rue de Vaugirard, ils sont pas loin de vendre des boubous à mon effigie... Ich, ich, ich...

JADE : Je croyais que la politique ne vous intéressait plus ?

SARKOZY : Qui vous a dit que ça m'intéressait ? Juste comme ça, pour savoir, il fait combien, le gros teinté, dans le sondage Ipsos (mais pas avec tes doigts) ?

JADE : J'imagine que vous voulez parler de François Hollande... Il fait 25 %, juste derrière Martine Aubry.

SARKOZY : Ben voilà... Il le tient son destin, le gros teinté. Il va finir en promotion à la braderie de Lille... Ich, ich, ich...

JADE : Ah oui, mais il devance d'un point Benoît Hamon...

SARKOZY : Benoît qui ?

JADE : Hamon.

SARKOZY : J'suis pas là pour dire du mal...

MARINE LE PEN

FAIT UN GESTE…

MARINE : Alors ? Vous avez vu les sondages ? Ha, ha ! 8 points de plus en un mois ! Déjà 36 % de supporters hystériques, madame ! Et ce n'est qu'un début.

JADE : Vous pensez que vous allez continuer de progresser, madame Le Pen ?

MARINE : J'ai gagné 15 points chez les vieux, madame, or les gens sont de plus en plus vieux donc je vais encore monter.

JADE : Vous progressez également auprès des sympathisants de La France insoumise…

MARINE : Plus 22 %, madame ! C'est pourquoi j'ai décidé de faire un geste en direction de Jean-Luc Mélenchon.

JADE : Ah bon ? C'est un scoop, ça. Et quel geste comptez-vous faire envers le leader de La France insoumise, qui est un peu en difficulté en ce moment ?

MARINE : Je vais augmenter la pension des anciens dictateurs à la retraite, madame.

La question de **Pascal Praud**

PRAUD : À La Courneuve, c'est authentique, un homme a été pris en flagrant délit en train de se masturber contre un policier… Est-ce la preuve de l'amour que les Français portent à leur police ? Je pose la question au 3210…

JADE : Merci Pascal, c'est passionnant…

PRAUD : J'ai pas fini… Cette histoire de masturbation vous passionne-t-elle ou n'en avez-vous rien à branler ? Je pose la question au 3210…

JADE : Voilà ! Merci Pascal !

RENAUD

les zanimals

JADE : C'est donc l'événement musical de l'automne : le chanteur Renaud vient de révéler le premier titre de son nouvel album tant attendu *Les Mômes et les enfants d'abord*. Bonjour Renaud !

RENAUD : Bonjour mademoiselle Jaja-de, bonjour Yves Calva. Il est pas là, Louis Bonvin, qui fait la météo ? Et Sidonie Dubonnec ? Et Alba Collada non plus ? Elle est absinthe ?

JADE : Ah non, elle est bien là, Alba Ventura, mais un peu plus tôt dans la matinale.

RENAUD : J'adore aussi l'émission *Laissez-vous tinter* avec Isabelle Martini-Bosc, Bernard Lefût, Antonneau Martin... et pis après Saint-Julien Courbet aussi...

JADE : Ah oui, vous connaissez bien la grille de RTL, Renaud...

RENAUD : Et Philippe Buvard ? Et Vincent Aperrot ? Christelle re-Bière ? Mezcal Praud, Caroline Dubière-Blanche ? Ils sont pas là ?

JADE : Pas là non plus, désolée. En tout cas, la bonne nouvelle, c'est que vous revenez en forme depuis que vous avez abandonné l'alcool.

RENAUD : C'est vrai que j'y pense plus du trou... Même quand je regarde le journal de Jean-Pierre Pernod. Du coup, je suis plus tonic, en jeans, en gin tonic !

JADE : Dans le premier titre de votre nouvel album, vous dites que vous aimez les animaux, surtout les petits chats...

RENAUD : Ben oui, j'adore un p'tit peu passionnément les chats, d'ailleurs, j'en ai toujours un avec moi.

JADE : Ah, bon, c'est mignon ça. Il est où votre chat ?

RENAUD : Dans la gorge...

JADE : Dans le très joli clip que vous avez tourné avec le réalisateur Zep, vous dites que vous aimez aussi les tortues, les cachalots, les chouettes, les cheval, les zhiboux...

RENAUD : Ben ouais, mais j'ai oublié de dire que j'aime aussi surtout les perroquets.

JADE : C'est vrai que c'est joli, les perroquets.

RENAUD : Ouais, surtout quand on verse le sirop de menthe.

CÉLINE DION

COURAGE !

JADE : Céline Dion vient de publier un nouvel album en anglais qui a pour titre *Courage*...

JADE : Bonjour Céline Dion...

CÉLINE : On dit pas « bonjour Céline Dion », on dit « good morning lady Dyonne ». Bah oui parce que j'ai beau pratiquer le vieux françois... et quand j'parle de vieux françois, j'parle pas d'François Hollande, entends-moi bien... Si j'veux rivaliser avec ces maudites Lady Gaga et Rihanna, faut que j'me mette à l'english !

JADE : En plus de l'anglais, on trouve sur cet album des sonorités très modernes.

CÉLINE : C'est pour ça que j'ai demandé à David Guetta de me composer des musiques. Je lui ai donné le Bontempi que mon René-Charles a eu pour ses 4 ans et le David, il a fait un *do*, un *ré* et un *mi*, il a mélangé le tout dans son Magimix et c'est parti pour le hit international all around the world.

JADE : Vous avez déclaré qu'avec cet album commençait un nouveau chapitre de votre vie.

CÉLINE : C'est la nouvelle Céline que t'as devant toi, it is the new Céline Dyonne dans le Calvi's morning show, là. Et t'sais, mam'zelle Jade, cette nouvelle vie, là, bah c'est pô facile... *(elle chouine)* J'en peux plus, j'en peux plus !

JADE : Que vous arrive-t-il, Céline ? Je croyais que ce nouveau chapitre de votre vie était joyeux !

CÉLINE : T'as donc pas vu mon nouveau look ? Avec cette robe fourreau en latex rouge qui m'fait ressembler à une pomme d'amour, une love apple, là, pour que mes fans ils aient envie de croquer dedans, c't'affreux !

JADE : Au contraire, vous êtes magnifique ! Vous n'êtes pas bien dedans ?

CÉLINE : Le problème, c'est pas l'moulage, c'est le démoulage... Fait tellement chaud là-dedans qu'avec la condensation, je gonfle, je gonfle ! Du coup, pour l'enlever, ma beauty team est obligée d'y aller au pied-de-biche ! C'est *Modes & Travaux* mais surtout travaux ! Quand je l'ai, je ressemble à une pomme d'amour, mais quand je l'enlève, j'deviens une tarte tatin !

JADE : Ah oui, c'est dur...

CÉLINE : Et t'sais pas l'pire ? C'est qu'mon Pépé Munoz, qui m'aime avec la peau douce et brillante, il a eu comme idée de m'enduire tout l'corps d'sirop d'érable, du coup au démoulage, ça fait Velcro, c'est l'épilation intégrale, c't'affreux... J'en peux plus, j'suis complètement compotée, mam'zelle Jade, c'est pas Lady Gaga qu'on va m'appeler, c'est Lady Marmelade !

DÉCEMBRE

LA RÉFORME DES RETRAITES

LES PRIMAIRES DÉMOCRATES AUX USA, LES GRÈVES

LES MASSAGES DE PATRICK BRUEL

LA CAMPAGNE DES MUNICIPALES, LES GRÈVES

LES FÊTES DE NOËL

ET LES QUESTIONS DE PASCAL PRAUD

... ET LES GRÈVES

JEAN-MARIE LE PEN

BORGNE IN THE USA !

JADE : Michael Bloomberg, 77 ans, se lance dans la course à la Maison-Blanche. Côté démocrate, il sera opposé à Joe Biden, 77 ans, et Bernie Sanders, 78 ans. L'un de ceux-là affrontera l'actuel Président Donald Trump, 73 ans. On ne peut pas dire que cette élection respire la jeunesse. Voilà qui a donné des idées au doyen de la politique française, Jean-Marie Le Pen, sur son blog animé par la toujours très accorte Marie d'Herbais.

JADE/MARIE D'HERBAIS : Bonjour Président !

JM LE PEN : Gutten tag, ma chère Marie... Je vois à votre décolleté que vous n'êtes plus une fraulein, vous avez convolé, n'est-ce pas ?

MARIE D'H : Qu'est-ce qui vous fait dire ça, président ?

JM LE PEN : Vous avez convolé avec un teuton, pour ne pas dire un téton, un certain Herr Bag ! Et même deux, n'est-ce pas ? Attention, Marie, la polygamie n'est pas encore autorisée en France malgré l'islamisation galopante orchestrée par les socialo-bobo-bolcho-halogènes !

MARIE D'H : Oh vous êtes caustique, président !

JM LE PEN : Oui, je sais être blagueur pour mes amis blogueurs.

MARIE D'H : Qu'avez-vous à nous dire sur la situation politique actuelle, président ?

JM LE PEN : J'observe d'un œil amusé les Amériques et constate que messieurs Troumpe, Bloomberg, Biden et Sanders ne sont pas des poulets de l'année, n'est-ce pas ? Et je me dis que moi-même, j'ai toutes mes chances pour entrer à la Maison-Blanche... bien blanche !

MARIE D'H : Vous ne comptez pas vous présenter à l'élection américaine, tout de même ?!

JM LE PEN : Warum nicht ? J'ai même un hymne de campagne que j'ai emprunté à M. Springstène ! Puis-je vous l'entonner, ma chère Marie ?

MARIE D'H : Avec joie, président !

JM LE PEN : ♫ *Borgne in the USA*
Borgne in the USA ♫

JOSÉ BOVÉ/JEAN-LUC BENNHAMIAS/GRETA THUNBERG

LES ADULTES SONT MÉCHANTS

JADE : **La 25e conférence sur le climat, la COP 25, s'ouvre aujourd'hui à Madrid. On en parle avec José Bové, Jean-Luc Bennhamias, le sosie officiel de Bourvil, et Greta Thunberg. José Bové, vous êtes optimiste ?**

BOVÉ : Tu parles, ça sert à rien ! Ils vont fixer des mesures qui seront précisées dans la COP 26 en préambule de la COP 27, qui introduira la COP 28, qui précédera la COP 29, et ainsi de suite jusqu'à la COP 3257. Et pendant ce temps, on laisse une planète complètement polluée à nos enfants !

BENNHAMIAS/BOURVIL :

♫ *Les enfants se réveillent très tôt-to-to-to-to,*
La maman leur peigne les cheveux-veu-veu-veu-veu,
Mais le soir ils reviennent crottés-té-té-té-té,
Le nez sale et de la boue jusqu'aux genoux-nou-nou-nou-nou,
Toto, veuveu, tété, nounou,
Toto veut tété nounou ! ♫

BOVÉ : Et voilà, ça recommence, je tire la sonnette d'alarme et qu'est-ce qu'il fait l'autre abruti ? Il chante !

BOURVIL : Non mais dites donc ! On est en démocratie ! J'ai le droit de m'exprimer !

JADE : **Allons messieurs, ne commencez pas. Greta Thunberg, qu'est-ce que vous attendez de la COP 25 ?**

GRETA (*voix de robot*) : Les adultes sont méchants.

JADE : **Mais encore ?**

GRETA (*voix de robot*) : Les adultes sont méchants.

JOSÉ : C'est bon R2-D2, on a compris, tu te répètes !

JADE : **Messieurs, s'il vous plaît, essayons pour une fois d'être un peu constructifs. Greta Thunberg, par exemple, se déplace dans des véhicules écologiques...**

JOSÉ : Ah ben si c'est ça l'écologie, on peut aussi se déplacer à cheval, mais je sais pas si ça va sauver la planète...

BOURVIL :

♫ *À dada à dada et fouette, fouette*
Fouette, fouette, fouette là... ♫

JOSÉ : Tu vas arrêter de chanter ou je te fais bouffer ton béret !

JADE : **Bon, et bien puisque vous êtes incapables de ne pas vous chamailler, l'interview est terminée. Greta Thunberg, je vous laisse conclure. Mais s'il vous plaît, soyez constructive vous aussi, dites-moi autre chose que « Les adultes sont méchants »...**

GRETA (*voix de robot*) : Les adultes ne sont pas gentils.

BRIGITTE ET EMMANUEL MACRON

L'HEURE DE LA RETRAITE A SONNÉ

JADE : Forte mobilisation sociale contre la réforme des retraites avec en ligne de mire la journée de jeudi. L'ensemble des syndicats appelle à la grève et aux manifestations. Voyons comment la contestation est prise à l'Élysée.

BRIGITTE : Emmanuel ! Emmanuel ! On me dit que je ne pourrai pas me rendre demain à mon cours d'aquagym. Paris sera bloqué par les manifestants. Qu'est-ce que c'est que ce bazar ?

MACRON : Mais euh... C'est la faute aux syndicalistes, ils aiment pas ma réforme des retraites !

BRIGITTE : Qu'est-ce qui t'a pris d'embêter les personnes âgées ? Toi qui les aimes tant... N'est-ce pas, mon chéri ?

MACRON : Faut qu'ils travaillent plus, les vioques... parce que c'est MON PROJET !

BRIGITTE : J'vais te faire une tisane, ça va te calmer...

☎ *Driiiiing !*

BRIGITTE : Et allez, à chaque fois que je rattrape les bêtises du p'tit, c'est la même chose, on vient me déranger... Résidence des Macron, j'écoute !

LINE : ♫ *Macron, t'es foutu*

Les séniors sont dans la rue ! ♫

BRIGITTE : Qui est à l'appareil, c'est Philippe Martinez ?

LINE : Non, c'est Line Renaud !

♫ *Macron t'es foutu*
Ta réforme on s'la met au cul ! ♫

PHILIPPE BOUVARD LA PENSÉE DE LA SEMAINE

BOUVARD : Les transsexuels pourraient participer au concours de Miss France... Si dorénavant les Miss ont du poil au menton, j'ai bien peur que ce concours finisse par barber les téléspectateurs... Hou hou hou !

JADE : Merci Philippe...

BOUVARD : Admettez qu'avec des bonnes femmes à barbe, cette cérémonie risque d'être rasoir ! Hou hou hou !

QUI N'EN VEUT DE LA GRÈVE

JADE : Toute la France est touchée par le fameux jeudi noir. Même nos amis les Deschiens.

MOREL : 3615 code Qui-n'en-veut-d' la-grève avec aujourd'hui mon Bruno Lochet... Alors dis-moi, mon Bruno, toi aussi, tu es un grévissssse, un syndicalissssse, un communissssse ?

LOCHET : Ben non, j'suis pas un gréviste, moi. Et puis je suis pas un syndicaliste ou j'sais pas quoi. Même que les cocos, y m'cassent les pieds !

MOREL : Oh oooooh ! Monsieur Lochet dit qu'il est pas un grévisssse...

LOCHET : Ben oui parfaitement, j'suis pas un de ces jean-foutre, moi !

MOREL : Ne fais pas l'innocent, mon Bruno, sois gentil, avoue que tu es un grévisssse et pis c'est tout !

LOCHET : Mais non, zut à la fin !

MOREL : *(s'énerve)* Non mais dis donc ! Y dit qu'il est pas un grévisssse alors que ce matin, hein, qui que c'est qu'est pas venu travailler à la fromagerie, hein ? Qui que c'est ?

LOCHET : Ben c'est moi, mais c'est pas passeque j'faisais la grève !

MOREL : C'est qu'il nous ferait passer les WC pour des lanternes, le Bruno ! *(à bout, quasiment en larmes)* Y décide de ne pas travailler et y dit qu'il est pas un grévissssse... Ah non mais là, je suis... Je suis au bout du rouleau à peinture...

LOCHET : Si j'suis pas venu travailler, c'est pas passeque j'faisais la grève, c'est passeque y avait pas de transports !

MOREL : Et ton Martinez, hein, que t'as en poster dans ta chambre, c'est pas un signe que t'es un agitateur, un manifestant, un révolutionnaire à moustache ?!

LOCHET : Mais c'est pas la moustache à Martinez que j'ai en poster, c'est la moustache à Edwy Plenel !

MOREL : Ah là, c'est pire que tout... Bruno Lochet est un islamo-gauchisssse qui fait grève... Alors là, je m'adresse solennellement à Christophe Castaner : monsieur le ministre de la maréchaussée, je tiens par-devers moi un gauchisssse radicalisé !

♫ *Qu'as-tu donc dans ton panier*
Un gauchisse, un gauchisse
Qu'as-tu donc dans ton panier
Un gauchisse radicaliséééééé ♫

JEAN-CLAUDE GAUDIN

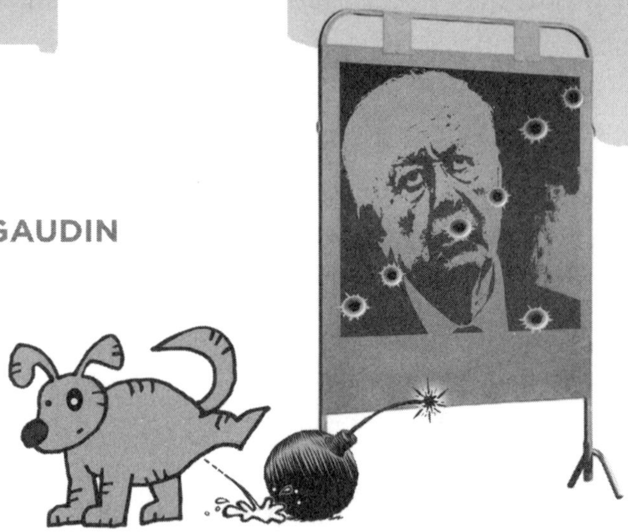

LA GUERRE DES MUNICIPALES EST DÉCLARÉE

JADE : **C'est sur fond d'insécurité, de scandales immobiliers et de gestion calamiteuse que la succession de Jean-Claude Gaudin s'ouvre à Marseille. La guerre des municipales est déclarée.**

GAUDIN : Pourquoi elle vient emboucaner les auditeurs d'Ere-TL avec sa guerre, cette fada ! Y a pas de guerre ici à Marseille ! Y a que du soleil, des olives et du pastaga !

JADE : **Sur le plan de la sécurité, c'est quand même tendu avec la multiplication des fusillades !**

GAUDIN : Qué fusillades ?! Y a pas de fusillades à Marseille ! Le « poum » que vous avez entendu, ce devait être le pot d'échappement du Piaggo d'un minot !

JADE : **En deux semaines, il y en a eu deux, dont une à la kalachnikov !**

GAUDIN : Si les Marseillais savaient tirer, ça se saurait ! Ça fait longtemps que l'OM aurait gagné le championnat de France de footeballe !

ENRICO MACIAS

Cinq sur toi !

JADE : Vendredi dernier, Abdelmadjid Tebboune, ancien Premier ministre, a été élu dès le premier tour de l'élection présidentielle algérienne. Une élection très largement contestée et boudée par les Algériens. Faisons le point avec notre meilleur géopoliticien du Maghreb : Enrico Macias.

ENRICO : Bonjour à toi, ma p'tite gazelle, et cinq sur toi, m'sieur Calvi, qui porte chaque jour une chemise de coloris différent, que ça forme toutes les couleurs de l'arc-en-ciel de la paix, et que les colombes elles vont finir par faire leur nid dans les poils de son torse, à m'sieur Calvi...

JADE : Merci Enrico... Revenons plutôt à cette élection présidentielle en Algérie.

ENRICO : Mes p'tits frères algériens, ils doivent remplacer Abdelaziz Bouteflika, vu qu'Abdelaziz, sur la fin, il bouge pas plus que les légumes dans le couscous à tata Djamila... Même qu'il est un peu trop cuit, si tu vois c'que j'veux dire...

JADE : Oui, oui, on a bien l'image...

ENRICO : Sauf que les Algériens, ils sont pas idiots... Y z'ont bien compris que l'ancien système, il était toujours en place... Du coup, y z'ont pas beaucoup été voter... Comme quand tata Djamila, elle a invité tout le voisinage pour le tajine mais que les Mansouri, les Saadi et les Zitouni, y z'ont bien compris que c'était pour finir les restes qu'étaient périmés... Du coup, y sont pas venus...

JADE : C'est vrai qu'avec 60 % d'abstention, cette élection est une mascarade pour beaucoup d'Algériens.

ENRICO : Ben voilà... C'est exactement ce qu'a dit tonton Abdel à tata Djamila à cause de sa soirée ratée : c'est une mascarade avec des citrons tellement confits qu'ils faisaient de l'Halalcool, ce qui chez nous est pas très catholique, si tu vois ce que je veux dire...

JADE : Oui, on voit bien...

ENRICO : Du coup tata Djamila, elle est devenue toute rouge de colère... Y avait même de la fumée qui sortait de ses oreilles... Alors tonton Abdel, il a joué au Frisbee dans la casbah avec le plat à tajine... C'était un souk d'une violence inouïe !

JADE : D'ailleurs, après cette élection, il y a eu de nouvelles manifestations.

ENRICO : Moi je dis qu'en Algérie faut changer l'eau des pois chiches et baisser le feu sur la gazinière sinon la couscoussière, elle va sauter !

PHILIPPE MARTINEZ

ON LÂCHE RIEN !

JADE : La CGT est au centre des mouvements sociaux en cours contre la réforme des retraites, c'est pourquoi nous recevons ce matin Philippe Martinez, son secrétaire général. Bonjour monsieur Martinez.

MARTINEZ : Que nous, c'qu'on veut, c'est pas compliqué d'aller chercher midi à 14 heures : c'est le retrait pur et simple du projet, pour qu'le môme de 50 ans qu'est né après 75, il a les mêmes avantages que celui qui arrête le boulot, il rentre chez lui et il part à la retraite sans qu'il soit fatigué par la pénibilité.

JADE : Ouh là, reprenons dans l'ordre. Qu'est-ce qui vous pose le plus problème dans ce projet de réforme des retraites ?

MARTINEZ : Que le gars qui fait son aller-retour Lyon-Paris et qui met du charbon dans sa locomotive quand y se penche à la fenêtre, y se prend des escarbilles dans ses yeux et y risque la silicose, nous on dit qu'il a le droit qu'y parte plus tôt, et tant qu'on aura pas été entendus, on lâchera rien.

JADE : On n'est quand même pas dans *La Bête humaine*... Vous ne seriez pas prêts à négocier un peu, quand même ?

MARTINEZ : Ah mais que nous qu'on est toujours prêts à discuter pendant les heures de travail mais à condition qu'on nous fasse pas bouger de nos positions, on lui a dit depuis le début à monsieur Édouard.

JADE : Monsieur Philippe, le Premier ministre, vous voulez dire.

MARTINEZ : Ouais ben Philippe Édouard, Édouard Philippe, Pierre, Paul ou Jacques, tout ça c'est bonnet blanc et blanc bonnet. Nous tout c'qu'on demande, c'est que le môme qui conduit son train, y soille pas pénalisé à cause que c'est les autres qui lui paient sa retraite, c'est pas compliqué.

JADE : Vous ne craignez pas de devenir impopulaires auprès de ceux qui, à cause de la grève, ont des difficultés pour se soigner, se déplacer ou aller travailler ?

MARTINEZ : Que pourquoi qu'on serait impopulaires alors qu'on a jamais bougé dans nos idées ? L'problème c'est pas qu'y ait des trains ou pas, le problème c'est que nous, c'qu'on veut, c'est pas compliqué : c'est le retrait pur et simple du projet pour qu'le môme de 50 ans qu'est né après 75, il a les mêmes avantages que...

JADE : Ah, ça je crois que vous nous l'avez déjà dit.

MARTINEZ : On a déjà fait le tour de qu'est-ce qu'on veut à la CGT ?

JADE : Tout à fait. Merci monsieur Martinez.

C'EST PAS TOUT ÇA, MAIS COMMENT JE VAIS RENTRER, MOI, AVEC CES CONNERIES DE GRÈVES DES TRANSPORTS ?
Tous

CHEVALLIER ET LASPALÈS

LA RÉFORME DES RETRAITES POUR LES NULS

JADE : La réforme des retraites engendre toujours une large contestation sociale et nourrit les conversations des Français, notamment MM. Chevallier et Laspalès.

CHEVALLIER : Bonjour monsieur... Alors dites-moi : vous êtes pour ou contre la réforme des retraites ?

LASPALÈS : Je suis contre, monsieur !

CHEVALLIER : Et pourquoi donc ?

LASPALÈS : Parce qu'on ne touche pas à ma retraite... On n'y touche pas !

CHEVALLIER : Vous ne m'avez pourtant pas l'air bien concerné... Vous êtes de quelle année ?

LASPALÈS : 1957 !

CHEVALLIER : C'est bien ce que je disais. Vous n'êtes pas concerné. C'est pour ceux qui sont nés après 75.

LASPALÈS : Et alors ? Je me bats pour mes enfants ! Du coup, je fais la grève... La grève !

CHEVALLIER : Vous avez des enfants ?

LASPALÈS : Non... Mais j'pourrais en avoir !

CHEVALLIER : Et votre dame, elle a quel âge ?

LASPALÈS : 62 ans comme moi...

CHEVALLIER : Vi vi vi vi vi... À mon avis, elle est pas près de mettre bas... Cela dit, moi, c'est pareil, je milite pour que ma femme bénéficie d'un régime spécial.

LASPALÈS : Un régime de retraite ?

CHEVALLIER : Non, un régime alimentaire. Carottes vichy et eau plate... Elle a un peu pris ces derniers temps.

LASPALÈS : C'est toutes les mêmes... Toutes les mêmes !

La question de **Pascal Praud**

PRAUD : En ce moment, la SNCF nous demande de ne pas prendre le train. Le prochain slogan de la SNCF sera-t-il « À nous de vous faire préférer la marche » ? Je pose la question au 3210.

QU'EST-CE QUE VOUS PENSEZ DE LA RÉFORME DES RETRAITES EN FRANCE, MADAME LA CHANCELIÈRE ?
WUNDERBAR !

FABRICE LUCHINI/PATRICK BRUEL

LE MEILLEUR RESTE À VENIR

JADE : Après un très bon démarrage au box-office, le film *Le meilleur reste à venir* avec Fabrice Luchini et Patrick Bruel est bien entendu toujours à l'affiche...

LUCHINI : Chamfort a dit... Pas Alain, hein... Pas où es-tu Manu, Manureva... Non, Chamfort le moraliste du XVIIIe... Et quand je dis le XVIIIe, la Jade, c'est pas l'arrondissement où on bouffe des graines en lisant *Télérama*... Non, là, c'est le XVIIIe siècle... Chamfort, donc, a dit : « Les succès produisent les succès, comme l'argent produit l'argent »... C'est énorme...

JADE : Je ne vois pas bien le rapport...

LUCHINI : Y en a aucun... Ça me permet juste de te dire que mon spectacle sur l'argent est un triomphe... Et que mon autre spectacle sur les portraits d'écrivains qui vient de commencer est déjà presque complet... C'est indécent tellement ça marche... J'me dégoûte !

JADE : Au contraire, c'est réjouissant !

LUCHINI : T'en veux de la joie, j'vais t'en donner... Cioran a dit : « En face d'un dépressif, seuls seraient efficaces les coups de pied, les gifles, un bon passage à tabac. Et c'est d'ailleurs ce que fait ce dépressif lui-même quand il décide d'en finir : il emploie les grands moyens »...

JADE : Ah oui, c'est joyeux...

BRUEL : Aaaaaaaargh !

JADE : Ah, bonjour Patrick Bruel !

BRUEL : Non mais... Il est complètement givré, le Luchini, à plomber l'ambiance comme ça... Ça va pas donner envie aux spectateurs d'aller voir notre film... En tant qu'en tant qu'en tant qu'en tant qu'artistes, on est là pour donner du bonheur aux gens... C'est pour ça que devant les cinémas qui diffusent notre film, il y a de longues queues...

LUCHINI : Fais attention, Patrick, en ce moment, y a des mots que tu ne devrais pas trop utiliser...

BRUEL : Aaaaaaaargh ! J'en peux plus de toute cette pression...

JADE : Pourtant, vous triomphez partout, Patrick, votre public vous aime !

BRUEL : Je sais, les gens m'adorent... Mais en tant qu'en tant qu'en tant qu'en tant que star sous les feux des projecteurs, j'suis hypertendu...

LUCHINI : Attention Patrick...

BRUEL : Putain mais j'ai encore le droit de chanter pour m'défouler !

JADE : Mais oui Patrick, allez-y...

BRUEL : ♫ *Massez-la-moi !*
Massez-la-moi !
Massez-la-moi ! ♫

JANVIER

LES VŒUX DU PRÉSIDENT
LE CONFLIT DES RETRAITES
L'ÉVASION DE CARLOS GHOSN
LES DÉBUTS DU CORONAVIRUS
... ET LES QUESTIONS DE PASCAL PRAUD

MICHEL HOUELLEBECQ

BONNE ANNÉE DE MERDE !

JADE : Bonjour Michel Houellebecq…

HOUELLEBECQ : Chour.

JADE : Vous avez passé un bon réveillon ?

HOUELLEBECQ : Oui c'était délicieux, je me suis régalé.

JADE : Ah ben ça fait plaisir ! Qu'est-ce que vous avez mangé ?

HOUELLEBECQ : Des toasts au Xanax et du Lexomil fumé à la Gitane maïs.

JADE : Mmmm, je vois. Et quels sont vos vœux pour la nouvelle année ?

HOUELLEBECQ : Eh bien je souhaite à tous les Français une année de merde, avec des problèmes d'argent, des enfants qui se droguent, des querelles de voisinage avec des voisins issus de l'immigration, et bien sûr des pannes sexuelles.

JADE : C'est pas très sympa, ça…

HOUELLEBECQ : C'est pas fait pour être sympa, c'est le pitch de mon prochain livre.

La question de **Pascal Praud**

PRAUD : Bonne année 2020 au 3210. Voici les questions du jour pour *Les auditeurs ont la parole*. Les grèves ont démarré le 8 décembre dernier et demain 7 janvier les organisations syndicales vont rencontrer le Premier ministre pour trouver une solution au conflit. Pourquoi leur a-t-il fallu un mois pour arriver à Matignon ? Les négociateurs sont-ils venus en train ou à cloche-pied ? Ze pose la question au 3210.

BRIGITTE ET EMMANUEL MACRON

RETRAITES TROP CHER

JADE : Le conflit social autour des retraites s'enlise. Voyons dans ce contexte comment se passe cette rentrée à l'Élysée.

BRIGITTE : Emmanuel ! Emmanuel ! Qu'est-ce que j'apprends ? C'est encore la pagaille ! Invite à dîner M. Martinez, je vais lui parler, moi.

MACRON : T'es pas un peu folle, Brizitte ?! Tu sais pas comment ils vivent, ces gens-là ! Il est capable de dessouder les lattes du parquet du salon, d'y mettre le feu pour faire griller ses merguez !

BRIGITTE : Alors invite M. Berger... Ça tombe bien, c'est l'Épiphanie, on mangera la galette avec lui... Tu iras sous la table et je m'arrangerai pour que tu aies la fève...

☎ *Driiing !*

BRIGITTE : Et allez ! À chaque fois que j'essaie de sauver le petit de la mouise, faut qu'on vienne me déranger... Résidence d'hiver des Macron, j'écoute.

LINE : Allô, Brigitte, c'est Line Renaud... Bonne année, Brigitte !

BRIGITTE : C'est ça, bonne année aussi, Line...

LINE : Elle commence mal... J'ai peur pour ma retraite ! Mes amis du Front populaire m'ont dit que le petit voulait me la sucrer...

BRIGITTE : Mais non, Line. Vous n'êtes pas née après 75 ?

LINE : Mais si ! J'suis née bien après 1875 !

BRIGITTE : Je parlais de 1975 ! Vous savez, l'âge pivot...

LINE : Que vient faire Bernard Pivot dans cette histoire ? Je n'y comprends rien... Qu'importe ! Dites à Emmanuel de me filer ma part du gâteau ! J'veux le pognon, la thune, le brouzouf ! *(elle chante)* ♫ *Je dis argent* ♫

BRIGITTE : ♫ *Trop cher* ♫

LINE : ♫ *Trop grand* ♫

BRIGITTE : ♫ *La vie n'a pas de prix, pas de prix !* ♫

Patrick Sébastien

JADE : Bonjour Patrick Sébastien. Et bonne année !

SÉBASTIEN : Salut ma Jade. Merci encore pour tes vœux mais tu sais, pour moi, 2020, elle a déjà sacrément démarré. Putain, j'ai plein de projets… Ça déborde de partout, comme quand je mets un string, hé, hé !

JADE : Vous sortez encore un nouveau livre…

SÉBASTIEN : Ouais. Aujourd'hui c'est pas le saltimbanque avec sa perruque qui tourne et son gros nez rouge qui donne du bonheur aux gens avec bienveillance que tu reçois, c'est le philosophe qui trempe sa plume dans l'acide pour dénoncer les maux de notre société malade.

JADE : Commençons par le titre de ce livre : *Sans chaînes*…

SÉBASTIEN : Ouais. J'en suis vachement fier. C'est un jeu de mots à double sens. Le premier sens, c'est que je suis « sans chaînes », parce que je n'ai plus de chaîne de télé pour faire mes émissions. Et le deuxième sens, c'est que suis « sans chaînes », parce que maintenant je suis un homme libre, affranchi de la dictature de ce putain d'audimat qui tue la créativité.

JADE : Donc vous n'en voulez pas à Delphine Ernotte de vous avoir licencié…

SÉBASTIEN : Non seulement je lui en veux pas, mais je lui dis merci, à la sorcière. Parce que depuis qu'elle m'a supprimé mon émission culturelle qui faisait les meilleures audiences de sa chaîne, je me suis réinventé, et je n'ai plus aucune colère en moi. J'suis hyper zen : oooohmmmm…

JADE : Eh bien bravo Patrick, et bonne route au nouvel homme que vous êtes !

SÉBASTIEN : Poil aux roupettes ! Mais attends, j'ai un autre superprojet. Puisque je peux plus faire de la télé normale, je vais lancer ma plateforme de programmes comme Amazon Premium, OCS, Netflix… Ça va s'appeler Zigounetflix. Attends, attends, j'suis sûr que tu vas t'abonner à Zigounetflix. Y aura plein de culture : des pièces du répertoire classique mais en version populaire et bienveillante — *La Mémère apprivoisée* de Shakespeare, *Le Kid* de Corbeille, *Le Bourgeois malgré lui* de Voltaire… Mais aussi des opéras un peu olé, olé : *Le Barbu de Cécile*, *Le Tournedos* de Rossini, *La Travesta* de Verdi. Et puis plein de numéros internationaux : des contorsionnistes roumains, des pétomanes slovènes, des transformistes syldaves, des avaleuses de sabre hongroises…

JADE : D'accord, Patrick, promis, je vais réfléchir à mon abonnement éventuel à Zigounetflix…

SÉBASTIEN : Putain, génial, tu seras la première ! Poil au derrière !

ÇA BASTONNE AU VATICAN

JADE : Le pape François a dû s'excuser publiquement après avoir eu un mouvement de colère vis-à-vis d'une fidèle qui l'avait agrippé. Sa sainteté lui a giflé le bras pour s'en défaire. Bonjour pape François.

PAPE FRANÇOIS : Bonyour Yade, ma sœur Yade, et bonyour Yvousse Calvinousse de la matinalousse... Yé veux m'excouser encore oune fois auprès de cette pauvre dame que yé tapé... Yé vé faire contrition... Yé amené des orties et yé vais mé flageller avec...

Chlac !

JADE : Arrêtez, pape François ! Vous êtes tout pardonné... Cette dame vous a agrippé violemment, vous avez une réaction d'homme, voilà tout !

PAPE FRANÇOIS : *(il chante)*
♫ Yé souis un homme
Yé souis un homme
Quoi de plous naturel en somme
Au lit mon style
Correspond bien à mon état civil ♫

JADE : Quoi ?! Qu'est-ce que vous nous chantez là ?

Chlac !

PAPE FRANÇOIS : Aïe, aïe, aïe... Yé mal...

JADE : Arrêtez ça, maintenant !

PAPE FRANÇOIS : Yé mal... mais c'est bon...

Chlac !

PAPE FRANÇOIS : Ouh là là... yé peux plous m'arrêter... Au nom dou père, dou fils et dou sadomasochisme...

Chlac !

PAPE FRANÇOIS : Aïe, ouille, c'est si bon qué yé mé dégoûte ! Et ça m'énerve...

PHILIPPE DE VILLIERS

Noël ! Montjoie ! Hosanna !

JADE : Revenons sur la polémique qui a agité la France pendant les fêtes de fin d'année : Emmanuel Macron a été très critiqué car il n'a pas souhaité un joyeux Noël aux Français. Bonjour Philippe de Villiers.

VILLIERS : Aïe !

JADE : Qu'est-ce qui se passe, vous vous êtes fait mal ?

VILLIERS : Oui ! Aïe ! Je souffre ! Je suis blessé ! Blessé au plus profond de ma chrétienté, sur laquelle notre président s'est essuyé les pieds !

JADE : N'en faites pas trop non plus...

VILLIERS : Je n'en fais pas trop, madame. Un président qui ne souhaite pas joyeux Noël à son peuple, c'est le Christ qu'on tue une deuxième fois.

JADE : Vous exagérez...

VILLIERS : Il suffit, femme ! Cesse de minimiser ma colère et ouvre les yeux ! Cette année Emmanuel Macron a souhaité un joyeux Aïd-el-kébir aux musulmans et n'a pas souhaité un joyeux Noël aux Français ! C'est tout simplement un acte de soumission à l'envahisseur mahométan qui appelle une réponse ferme de la chrétienté !

Pôôôn !

JADE : Mais qu'est-ce que vous faites ?

VILLIERS : Je sonne l'olifant pour rameuter les troupes. Va seller mon cheval, la gueuze, il n'y a plus de temps à perdre ! Montjoie ! Hosanna !

JADE : Je crois que vous faites erreur, monsieur de Villiers. Si Emmanuel Macron n'a pas souhaité joyeux Noël aux Français, c'est parce qu'il n'a pas réussi à imposer une trêve de Noël à la SNCF, c'est tout... Ça aurait pu être mal perçu...

VILLIERS : Cesse de me contredire, vilaine, ou je t'envoie récurer les latrines de RTL ! Et va chercher une cote de mailles pour M. Calvi, je vais avoir besoin de lui... Et prends un modèle XXL, le bougre semble avoir abusé du chapon pendant les fêtes !

Pôôôn !

PATRICK BALKANY

AU SECOURS DE CARLOS GHOSN !

JADE : **Après une rocambolesque évasion au cours de laquelle il est parvenu à échapper à la surveillance de la police japonaise, l'ancien dirigeant de Renault-Nissan, Carlos Ghosn a trouvé refuge au Liban.**

BALKANY : Affabulations !

JADE : **Tiens, bonjour Patrick Balkany, et bonne année... Je ne savais pas que vous souhaitiez intervenir depuis l'hôpital de la Salpêtrière.**

BALKANY : Je souhaite apporter mon soutien à mon ami Carlos Ghosn victime, comme moi et mon épouse Isabelle, d'une machination ourdie par les services secrets nippons avec l'aide de la CIA, du KGB et de Peugeot-Citroën.

JADE : **Ah bon, carrément... Mais qu'est-ce que vous avez à voir avec cette affaire Renault-Nissan, Patrick Balkany ?**

BALKANY : J'ai une Renault Évasion.

JADE : **Admettons, mais à part ça...**

BALKANY : Comme Carlos Ghosn, je suis propriétaire de plusieurs pied-à-terre qui ne sont pas à moi mais qui font des jaloux dans la magistrature. C'est pourquoi j'offre une Twingo de société à tous les Levalloisiens et l'asile politique à M. Ghosn à Levallois. Réélection !

JADE : **Mais... On avait cru comprendre que vous ne seriez finalement pas candidat.**

BALKANY : Diffamation !

JADE : **En tout cas, on espère que M. Ghosn et les Levalloisiens vous ont entendus.**

BALKANY : Et mezzés pour tout le monde !

RETRAIT DE LA RETRAITE !

JADE : **Après un nouveau week-end de mobilisation sociale, le gouvernement a annoncé l'abandon de l'âge pivot de son projet de réforme des retraites. On en parle avec le secrétaire général de la CGT, Philippe Martinez. Vous êtes satisfait ?**

MARTINEZ : Que qu'est-ce qu'on dit, nous, à la CGT ? On dit que l'âge poivrot, c'est pas que nous, sous préteste qu'on est des rouges, que ça nous concerne. Nous, ce qu'on demande, c'est qu'y recule en arrière sinon qu'on peut pas avancer. Premièrement ipso facto point barre.

JADE : **Donc si je comprends bien, tout ce que vous voulez, c'est le retrait.**

MARTINEZ : Que pas que ! Qu'on veut aussi que les lunettes de soleil, elles soillent remboursées, que les peignes à moustache des syndicalistes aussi et pis et que les cheminots, ils aillent droit à un abonnement à vie au magazine de leur choix.

JADE : **Vous ne demandez pas un abonnement à *Modes & Travaux* pour les contrôleuses pendant que vous y êtes ?**

MARTINEZ : Que non, qu'on n'en veut pas que y a trop de patrons dedans.

JADE : **Bien sûr, j'aurais dû y penser... Mais alors que proposez-vous pour sortir de la crise ?**

MARTINEZ : C'est quoi qu'on propose, nous, à la CGT, pour qu'on sorte de la crise ? On propose que le gouvernement il retire sa réforme. Point final in extenso et pis c'est tout.

JADE : **Vous ne voulez donc pas faire de compromis...**

MARTINEZ : C'est quoi qu'on en pense des compromis, à la CGT ? C'est qu'il faut pas en faire. Parce que comme le dit le proverbe, un homme averti n'amasse pas mousse. J'appelle donc tous mes camarades à rester soudés, parce que comme le dit le proverbe, on n'attrape pas les mouches avec le vinaigre de l'union qui fait la force. Point à la ligne, ouvrez les guillemets, qui dort dîne.

FAIRE
CAMARADES,
JE VOUS PROPOSE D'AFFINER
NOTRE SLOGAN :
FAIRE CHIER !
COMME ÇA, C'EST
PLUS CLAIR.

FRANÇOIS LENGLET EXPLIQUE LES GRÈVES

JADE : **Alors que les mouvements sociaux contre le projet de réforme des retraites s'installent dans la durée, faisons le point sur la situation économique de notre pays avec notre spécialiste maison François Lenglet. Je suppose que les nouvelles ne sont pas très bonnes, François Lenglet...**

LENGLET : Ça se discute. Je m'explique : les grèves vont coûter 200 millions à la RATP et 1 milliard à la SNCF, donc c'est NÉGATIF. Mais attention, car ce sont les Français qui vont régler la note, donc c'est POSITIF pour les entreprises publiques.

JADE : **Ah oui, ce n'est jamais simple.**

LENGLET : D'autant plus que les Français ont 300 milliards d'euros sur leurs livrets A, donc ils peuvent encore payer 27 ans de grève à la SNCF et à la RATP. Comme vous le voyez, on est loin du chômage des cheminots.

JADE : **Vous pensez qu'on aurait quand même pu éviter ces blocages ?**

LENGLET : La réponse tient en un mot : formation. Je m'explique : quelques centaines de conducteurs de la RATP bloquent 5 millions de voyageurs. Il suffit donc de former tous les usagers de la RATP à la conduite des métros et les transports se débloquent aussitôt.

JADE : **Pas bête. Mais que fait-on des conducteurs de métro et de RER ?**

LENGLET : On leur fait suivre une formation d'usager des transports en commun.

JADE : **C'est-à-dire ?**

LENGLET : De la marche à pied. C'est ce qu'on appelle une solution gagnant-gagnant.

La question de **Pascal Praud**

PRAUD : Pour la cinquième semaine consécutive, des manifestations contre la réforme des retraites ont lieu cette semaine en France. Y a-t-il un risque de pénurie de chipolatas au brasero ? Que vont manger les manifestants de la CGT ? L'Australie doit-elle nous envoyer ses koalas grillés pour remplacer nos chipos ? Je pose la question au 3210.

JADE : Arrêtez, c'est horrible, tous ces koalas morts dans l'incendie...

PRAUD : Justement. Pour sauver cette espèce menacée, faut-il créer une réserve de koalas en Malaisie... à Koala Lumpur ? Je pose la question au 3210.

JADE : Merci Pascal.

PRAUD : J'ai pas fini. La grève à la RATP et l'épidémie de gastro ne faiblissent pas et progressent de concert. Pourquoi une telle corrélation ? Est-ce parce que la grève comme la gastro nous font bien chier ? Je pose la question au 3210.

JEAN-PIERRE RAFFARIN

CORONAVIRUS

JADE : Un mystérieux virus du nom de « coronavirus » est en train de se propager en Chine. On en parle avec notre spécialiste de la Chine : bonjour Jean-Pierre Raffarin.

RAFFARIN : Ni hao.

JADE : Ni hao aussi. Alors, Jean-Pierre, faut-il craindre l'arrivée du coronavirus en France ?

RAFFARIN : Absolument pas. (*il tousse)* Je tiens à rassurer vos auditeurs : vous ne craignez rien. (*il tousse)*

JADE : Ça va, Jean-Pierre ? Pourquoi vous toussez ?

RAFFARIN : Rien de grave, je reviens de Chine, où je suis allé célébrer le nouvel an chinois, et j'ai juste attrapé un petit rhume. (*il tousse)*

JADE : En effet, les Chinois viennent juste d'entrer dans l'année du Rat... Bonne année du Rat, Jean-Pierre !

RAFFARIN : Bonne année du Rat !

JADE : Et comme on dit là-bas : xing chu tang aho wong eheeeee... (*elle tousse*) Ah ben zut, voilà que je me mets à tousser aussi. Vous êtes sûr que vous n'avez pas ramené le coronavirus dans vos bagages, Jean-Pierre ?

RAFFARIN : Mais oui allons... (*il tousse)* Et quand même, n'ayez pas peur du virus Corona. Comme le dit un célèbre proverbe chinois : « Quand un virus a un nom de bière, tu ne crains pas la mise en bière. »

JADE : Certes, mais selon un autre proverbe chinois : « Quand un virus à un nom de bibine, tu t'en débarrasses pas avec de l'aspirine. »

RAFFARIN : Ah bon ? Vous m'inquiétez...

JADE : Venez avec moi, Jean-Pierre, et on va aller voir Michel Cymes, ce sera plus prudent.

La question de **Pascal Praud**

PRAUD : Ségolène Royal a été licenciée de son poste d'ambassadrice des pôles. Après le pôle Nord et le pôle Sud, va-t-elle devenir ambassadrice de Pôle emploi ? Je pose la question au 3210.

FÉVRIER

LA PROGRESSION DU CORONAVIRUS

LES VICTOIRES DE LA MUSIQUE

LE LONG-MÉTRAGE DE BENJAMIN GRIVEAUX

LA RÉFORME DES RETRAITES À L'ASSEMBLÉE

... ET LES QUESTIONS DE PASCAL PRAUD

FRANÇOIS LENGLET

POURQUOI TU TOUSSES ?

JADE : Alors que l'épidémie de coronavirus chinois préoccupe la planète entière, faisons le point sur cette menace qui n'est pas seulement sanitaire mais aussi économique, n'est-ce pas, François Lenglet ?

LENGLET : Tout à fait. Car vous savez en économie quand Wall Street a de la fièvre, le monde entier grelotte, et quand la Chine éternue, le monde entier est couvert de morve.

JADE : Je suppose que c'est une façon imagée de dire qu'il faut s'attendre à des répercussions sur l'économie mondiale...

LENGLET : C'est bien possible. Prenons le cas des investisseurs qui ont délocalisé leurs usines en Asie parce que la main-d'œuvre est moins chère. Eh bien on peut dire que la pandémie de coronavirus va leur fait très très mal au Capital Universel de Liquidité, au CUL, donc.

JADE : Tout s'éclaire. Mais vous pensez qu'il serait possible de limiter les effets négatifs de l'épidémie sur l'économie, François Lenglet ?

LENGLET : Il faut s'inspirer de ce qui marche chez nos voisins. Prenez la Corée du Nord, où il est interdit d'éternuer sous peine d'être pendu par le nez : il n'y a aucun cas recensé de coronavirus et l'économie est tellement florissante que les ouvriers travaillent gratuitement. C'est ce qu'on appelle en langage économique un accord gagnant-gagnant.

MARINE LE PEN

DANS LES STARTING-BLOCKS

MARINE : Bonjour mes chers compatriotes. Vendredi 8 avril, je compte sur vous dès le premier tour.

JADE : Excusez-moi, madame Le Pen, mais je crois que le premier tour des municipales se tiendra plutôt le 15 mars.

MARINE : Ah, ah, ah ! Mais qui vous parle des municipales ? Je mobilise les Français pour la présidentielle, madame.

JADE : Ah oui, c'est vrai que vous venez d'officialiser votre candidature à l'élection présidentielle de 2022.

MARINE : Et alors ? Ça vous défrise ? Et le 23 avril 2022, je donne rendez-vous place de la Nation pour fêter la victoire avec un grand spectacle comique de Jean Roucas et Robert Ménard, madame !

JADE : Ah oui, vous vous y prenez très en avance...

MARINE : C'est ma troisième candidature à la présidentielle, je ne tiens pas à rater la date, par conséquent mon Premier ministre m'a conseillé de m'inscrire en avance, madame.

JADE : Votre Premier ministre ?

MARINE : Gilbert Collard, madame. C'est important d'avoir une Présidente et un Premier ministre qui soient de mèche. Ah, ah, ah !

La question de **Pascal Praud**

PRAUD : Aujourd'hui dans *Les auditeurs ont la parole*, nous parlerons du coronavirus, qui a bloqué 63 millions de Chinois en cinq jours. Est-il plus ou moins dangereux que le virus Martinez, qui a bloqué 67 millions de Français en un mois ? Et après le BCG, les Français devront-ils se vacciner contre la CGT ? Je pose la question au 3210.

JADE : Merci, bonne journée Pascal.

PRAUD : J'ai pas fini. Une émission très sociale aujourd'hui puisque nous parlerons également de l'absentéisme au travail : quand une caissière de supermarché prend sa pause, est-ce qu'on peut dire qu'elle lâche sa caisse ? Je pose la question au 3210.

JEAN-LUC MÉLENCHON / FRANÇOIS RUFFIN

-AMENDEMENTS HONORABLES-

JADE : **Le projet de réforme des retraites est en cours d'étude au Parlement et là encore l'opposition contre le texte se manifeste. Pour en parler, nous recevons le leader de La France insoumise, bonjour et merci, monsieur Mélenchon.**

MÉLENCHON : *(il l'imite)* « Merci, monsieur Mélenchon... » Attends un peu d'entendre ce que j'ai à dire avant de me remercier ! Tu vas regretter de m'avoir invité, crois-moi ! Il est pas là, mon Ruffin ?

JADE : **Il s'est assis par terre avec du papier et des feutres. Il a l'air très absorbé. Je me demande ce qu'il fait...**

MÉLENCHON : Mais j'vais t'le dire, moi, c'qu'il fait, mon Ruffin : il recopie les amendements qu'on a déposés à l'assemblée nationale contre la réforme des retraites à Macron et toute sa clique.

JADE : **C'est vrai que vous avez déposé 19 000 amendements contre le projet de réforme, c'est un record ! Il a du travail, François Ruffin... Ah, justement, le voilà... Bonjour François Ruffin !**

RUFFIN : Bonjour madame. J'ai fini de recopier mes amendements.

JADE : **Déjà ?**

MÉLENCHON : Mais c'est pas possible, t'as pas fini ! Y en a que 1 500 !

RUFFIN : Mais y a plus d'papier !

JADE : **On va vous trouver une ramette, ne vous inquiétez pas.**

MÉLENCHON : On n'en veut pas de ta ramette ! Nos 19 000 amendements, on va les faire nous-mêmes sur du papier de gauche !

JADE : **Tout de même, 19 000 amendements, est-ce que c'est bien utile ? Le groupe communiste n'en a déposé que 500 et le Modem 50 seulement.**

RUFFIN : M. Mélenchon, il dit toujours que le Modem, c'est que des couilles molles et qu'on va leur faire la bite au cirage.

MÉLENCHON : Mais ferme-la ! Tu vois pas qu'on est dans une radio du grand capital luxembourgeois ! Il faut rien leur dire, ils répètent tout !

JADE : **Ne vous inquiétez pas, ça restera entre nous. Bonne journée, messieurs, et bon courage pour vos 19 000 amendements...**

MÉLENCHON : Ouais, c'est ça, vas-y, fous-toi de not'gueule ! Tiens, mon Ruffin, balance-leur un de nos amendements révolutionnaires.

RUFFIN : *(il chante)* ♫ *Laissez parler les petits papiers*
À l'occasion, papier chiffon
Puissent-ils un soir, papier buvard
Vous consoler ♫

MÉLENCHON : Mais qu'il est con !

ALLEZ, TOUS EN CHŒUR !
♫ ON DESCEND DANS LA RUE, ET ON S'MET TOUUUS UN DOIGT DANS L'CUL ! ♫

JEAN-PIERRE PERNAUT

La journée sans portable

JADE : C'est aujourd'hui la journée mondiale sans téléphone portable. Bonjour Jean-Pierre Pernaut, vous avez éteint votre portable ?

PERNAUT : Mais tout à fait, ma petite Jade ! Et pour parler de cette belle initiative, prenons tout de suite la route de nos belles régions de France, direction Saint-Amand-sur-Fion, à la rencontre de Lucienne, une sympathique retraitée de 93 ans qui n'a jamais eu de téléphone portable de sa vie.

JADE : Ah bon ? Mais comment elle fait pour communiquer avec ses proches ?

PERNAUT : Eh bien justement, ma petite Jade, c'est là que réside le secret de Lucienne, un secret dont tous les citadins accros aux gadgets technologiques feraient bien de s'inspirer : Lucienne est fâchée avec tout le monde et raconte à qui veut bien l'entendre que ses enfants, c'est des cons, ses petits-enfants, c'est des cons, ses voisins, c'est des cons et que d'une manière générale les gens, c'est des cons. Bref, Lucienne ne parle à personne et n'a donc pas besoin de téléphone portable ! Une bien belle leçon de philosophie à méditer.

JADE : Oui c'est sûr, présenté comme ça... Quoi qu'il en soit, merci Jean-Pierre pour cette belle leçon de vie.

PERNAUT : Attendez, ma petite Jade ! Cette promenade ne serait pas complète sans un petit détour par la Fistinière, où le maire divers droite apparenté Retailleau, Jacky Chiasson, a inauguré en cette journée particulière la première usine française d'un nouveau téléphone portable révolutionnaire : l'iFoune, un téléphone qui ne passe pas d'appels, et qui est simplement réduit à sa fonction vibrante afin d'être inséré dans...

JADE : Merci Jean-Pierre, je crois qu'on voit bien l'idée.

CHEVALLIER ET LASPALÈS

GRÈVE TOUJOURS !

JADE : La mobilisation sociale contre le projet de réforme des retraites se poursuit même si elle est de bien moins grande ampleur qu'au mois de janvier. Certains syndicats dans les transports appellent à de nouvelles journées de grève. Parmi les motifs de grogne des grévistes, le fait que les non-grévistes de janvier ont reçu des primes. Essayons de comprendre avec nos amis Chevallier et Laspalès.

CHEVALLIER : Bonjour monsieur... J'voudrais un train pour Pau.

LASPALÈS : Manque de pot ! Ah, ah ! C'est drôle ça, hein ? Ne pas avoir de pot quand on veut aller à Pau... Ne cherchez pas, monsieur, c'est de l'humour Sud-Rail...

CHEVALLIER : Vi vi vi vi vi, c'est très drôle... Mais alors mon train pour Pau ?

LASPALÈS : Y a pas de train pour Pau ! Parce que c'est la grève.

CHEVALLIER : V'là aut'chose... Et pourquoi c'est t'y la grève cette fois ?

LASPALÈS : On fait la grève pour protester contre les conséquences de la grève !

CHEVALLIER : Vi vi vi vi vi vi... Mais si vous faites la grève pour protester contre les conséquences de la grève, ça entraînera de nouvelles conséquences... Et qu'est-ce que vous ferez alors ?

LASPALÈS : La grève !

CHEVALLIER : Mais alors dites-moi, on s'en sort jamais, de la grève ?

LASPALÈS : On sortira de la grève quand la SNCF arrêtera de payer les non-grévistes et paiera les grévistes.

CHEVALLIER : Ah oui, c'est finaud... Mais dans ce cas, les non-grévistes, ils seront pas contents ?

LASPALÈS : J'espère bien qu'ils ne seront pas contents... Comme ça, ils feront la grève, la grève, la grève !

CHEVALLIER : Oui mais moi, dans tout ça, pour aller à Pau, je suis Gros-Jean comme devant !

LASPALÈS : Y a une solution, monsieur...

CHEVALLIER : Ah enfin une bonne nouvelle ! Et c'est quoi la solution ?

LASPALÈS : Vous faites la grève !

JEAN-PIERRE RAFFARIN

NI HAO !

JADE : Tiens, bonjour Jean-Pierre Raffarin, ou devrais-je dire : ni hao tuao guobeï Zean-Pierre Raffarin...

RAFFARIN : Cessez vos chinoiseries, mademoiselle Jade : l'heure est grave ! Il faut tendre la main aux Chinois même s'ils l'ont pas lavée après avoir toussé dedans !

JADE : En pleine crise du coronavirus, je ne suis pas sûre...

RAFFARIN : Il faut faire confiance à ce grand pays millénaire ! La médecine chinoise est ultra-performante. Pour vaincre l'épidémie, il suffit simplement d'utiliser les recettes de la médecine chinoise, à commencer par l'acupuncture.

JADE : Sur les patients ?

RAFFARIN : Non ! Sur le plat numéro 43 !

JADE : Je ne comprends pas...

RAFFARIN : Comme le dit souvent le vénérable docteur diététicien Bernard Lao-tseu du Palais de Pékin porte de Choisy : si lorsque vous piquez votre nem à la chauve-souris le nem pousse un petit cri, c'est que la viande n'a pas été assez bouillie !

JADE : Je crois que je vais vomir...

RAFFARIN : Il en va de même avec le saké. Si lorsque vous versez le saké la dame toute nue au fond du verre se met à grelotter, c'est qu'elle a été contaminée !

La question de **Pascal Praud**

PRAUD : Didier Gailhaguet, le président de la Fédération française de patinage, a démissionné de son poste mais affirme qu'il n'était pas au courant. Après le hashtag MeToo, va-t-il falloir créer le hashtag Mytho ? Je pose la question au 3210.

MICHEL DRUCKER

Magnifique coronavirus !

JADE : **Tiens ! Bonjour Michel Drucker !**

DRUCKER : Mademoiselle Jade, magnifique... Je l'ai connue toute petite, quand elle a débuté sur radio Bigorneau dans les Charentes... Yves Calvi, magnifique... C'est moi qui lui ai offert ses premières chemises de couleur quand il a débuté à Télé Bouchon à Lyon... François Lenglet, magnifique... C'est moi qui lui ai rasé le crâne quand il a débuté sur TV Bonze Tibet... Alba Ventura, magnifique... C'est moi qui...

JADE : **Oui bon merci Michel, on ne va pas faire tout RTL non plus... Mais dites-moi, pourquoi vous portez une blouse blanche ?**

DRUCKER : Donnez-moi votre bras droit, mademoiselle Jade, je vais prendre votre tension... 12/8, magnifique... Une tension moyenne, une tension Modem, magnifique, le Modem...

JADE : **Je vous remercie pour ma tension, Michel...**

DRUCKER : Au tour d'Yves Calvi. Mon cher Yves, mettez-vous en slip chaussettes, je vais vous prendre la température...

JADE : **On va éviter... Qu'est-ce qui vous prend, Michel ?**

DRUCKER : Moi qui ai toujours rêvé d'être médecin, le coronavirus, c'est magnifique... Allez hop, on se déshabille, je vais ausculter toute la station.

JADE : **C'est vrai que vous êtes très calé en médecine, Michel. Êtes-vous inquiet par la propagation du virus chinois ?**

DRUCKER : Je ne suis pas inquiet parce que j'ai la solution... Il faut surveiller ce qu'on mange : important, la nutrition... Régime strict : on ne recongèle pas la chauve-souris qu'on a décongelée...

JADE : **Quelle horreur !**

DRUCKER : C'est comme les hérissons... Je l'ai dit à Kendji Girac et aux Gipsy Kings : fini les hérissons ! Si jamais on en a mangé, j'ai toutes les adresses des meilleurs stomatologues de France : le docteur Laglotte, magnifique, rue Jean-Jaurès à Colombes, le docteur Gosier, magnifique, boulevard René-Coty à La Tranche-sur-mer, le docteur Lagerbe, magnifique, avenue du Président-Deschanel à La Ferté-sous-Jouarre, le docteur...

JADE : **On ne va pas faire tout l'annuaire des stomatos de France... Mais vous êtes sûr que c'est un stomatologue qu'il faut consulter en cas de coronavirus ?**

DRUCKER : Absolument. Car le principal risque quand on mange un hérisson, c'est de se planter une épine dans le gosier.

QUI N'EN VEUT DES VIDÉOS PORNO ?

JADE : La mise en ligne de la vidéo pornographique d'un candidat à la mairie de Paris a donné des idées à nos amis les Deschiens.

MOREL : 3615 code Empoi, pour les jeunes qui cherchent un empoi. Aujourd'hui, je reçois Bruno Lochet, un jeune qui est en recherche d'empoi. Bonjour mon Bruno, comment t'appelles-tu ?

LOCHET : Ben, Bruno.

MOREL : Voilà, et tu cherches un empoi de…

LOCHET : Ben, d'artiste actionniste.

MOREL : Artiste actionniste ! C'est pas banal, ça, hein, mon Bruno… Et en quoi que ça consiste, ça, mon Bruno, comme empoi, hein, artisse actionnisse ? Comment que le définirais-tu ?

LOCHET : Ben c'est quand tu publies sur l'Internet des vidéos que les gens y veulent pas qu'on les publie parce qu'ils font des trucs pas catholiques.

MOREL : Oh, oh ! Et bien j'ai une très bonne nouvelle pour toi, mon Bruno. Car il y a justement un empoi d'artisse actionnisse qui vient de se libérer. L'artiste actionniste Piotr Pavlenski vient de libérer un empoi. Mais dis-moi, mon Bruno, c'est bien beau de vouloir faire l'artiste actionniste, mais ce n'est pas commode… Ce n'est pas commode ! Il te faut avoir des vidéos par devers toi… comme qui dirait des sextapes… Et tu en as, toi, des sextapes ?

BRUNO : Ben ouais, j'ai même mieux que les sex tapes à M. Griveaux… J'ai des vidéos où c'est qu'on voit Rachida Dati en jogging et en claquettes… Et pis une autre où qu'on voit Mme Hidalgo qui jette ses épluchures dans sa poubelle jaune !

MOREL : Dans la poubelle jaune ? Tu as bien dit la poubelle jaune ? Tu es sûr de ce que tu avances, mon Bruno ? Tu sais ce que tu encours si tu publies ça ? C'est esseplossif !

BRUNO : Ben ouais, mais comme ça j'aurai l'empoi d'artiste actionniste…

MOREL : Très bien, je vois que tu es très motivé, hein… Tu es comme qui dirait prêt à tout balancer sur les réseaux sociaux… Alors si vous êtes empoieur et que la candidature de Bruno comme artiste actionniste vous intéresse, vous tapotez 3615 code Empoi.

♫ *Qu'as-tu donc dans ton panier*
Des sextapes, des sextapes
Qu'as-tu donc dans ton panier
Des sextapes pour m'faire mousser ! ♫

La question de **Pascal Praud**

PRAUD : *Les auditeurs ont la parole* à 13 heures sur RTL. On reviendra sur le remplacement de Benjamin Griveaux par la ministre de la Santé, Agnès Buzyn. Après Anne Hidalgo, la dingo des vélos, est-ce Agnès Buzyn, la zinzin des médecins, qui va diriger Paris ? Je pose la question au 3210.

JADE : Merci Pascal...

PRAUD : J'ai pas fini... Cédric Villani, lui aussi candidat, a annoncé qu'il suspendait momentanément sa campagne... Craint-il la divulgation d'une vidéo où on le voit astiquer son araignée ? Je pose la question au 3210...

CHRISTOPHE CASTANER

La tête dans le cul

JADE : **Olivier Faure accuse Christophe Castaner d'avoir commis une faute grave en l'attaquant sur sa vie privée. Le ministre de l'Intérieur s'est étonné des réflexions du patron du PS à propos de l'affaire Griveaux, d'autant qu'il l'avait, je cite, accompagné dans ses ruptures et ses divorces.**

CASTANER : Vous n'auriez pas une petite vodka pomme ? Je sors d'un after au Montana, faut que je me refasse la cerise avant le before du Medellin.

JADE : **Bonjour Christophe Castaner. On n'a pas de vodka, on n'a que du café.**

CASTANER : Non merci, le café ça m'excite, je risque encore de dire des conneries sur la vie intime d'Olivier Faure... En tant que ministre de l'Intérieur j'ai des fiches sur tout le monde... Et je sais qu'Olivier Faure se fait faire des gâteries dans son bureau... Il en est mort d'ailleurs.

JADE : **Vous racontez n'importe quoi ! Et vos fiches ne sont pas à jour : vous confondez Olivier Faure avec Félix Faure !**

CASTANER : Ah zut... Vous auriez pas une tequila ? Ça me remettrait les idées en place... J'ai plus qu'à présenter mes excuses à Edgar, maintenant.

JADE : **Edgar ?**

CASTANER : Edgar Faure.

JADE : **Mais c'est ni Edgar ni Félix, c'est Olivier Faure !**

CASTANER : Désolé, je suis complètement à la masse... Je ne me remets pas de ces nuits blanches.

JADE : **À cause de l'affaire Griveaux ?**

CASTANER : Non, à cause des soirées mousse au Duplex.

PAPE FRANÇOIS

VADE RETRO CORONAVIROUSSE !

JADE : L'Italie durement touchée par le coronavirus. Dans le nord du pays, six personnes sont décédées et environ 50 000 habitants de 11 villes sont actuellement placés en quarantaine. De quoi semer la psychose dans le pays.

PAPE FRANÇOIS : Au secours ! Yé peur ! Vade retro coronavirousse !

JADE : Bonjour pape François... Au Vatican aussi, on est inquiet ?

PAPE FRANÇOIS : Qu'est-ce que tou crois ! Le coronavirousse, c'est pas comme le nouage de Tchernobyl, il s'arrête pas à la frontière de la place San-Marco... C'est le diable, ce machin... Yé demandé à mes bonnes sœurs de sortir les gousses d'ail mais yé souis pas sour que ça marche...

JADE : Ah oui, c'est pas sûr en effet...

PAPE FRANÇOIS : Yé tousse, sœur Yade, yé tousse... Écoute : keuf keuf keuf... Notre père qui es aux cieux, donne-nous aujourd'houi notre vaccin quotidien... Et surtout délivre-nous dou mal !

JADE : Quelles mesures va prendre l'Église catholique ?

PAPE FRANÇOIS : Pour la paix dou Christ, on arrête de se faire des papouilles et pour la commounion, yé remplacé tous les hosties goût pangolin par des chips goût bacon !

JEAN LASSALLE AU

SALON DE L'AGRICULTURE

JADE : Le Salon de l'Agriculture bat son plein. Nous sommes justement en direct du salon avec Jean Lassalle, bonjour Jean.

LASSALLE : Mes chers compatriotes de France et d'Outre-mer, ma chère petite Jade, mon bon monsieur Calvi : bonjour.

JADE : Alors, ça se passe comment au Salon de l'Agriculture ?

LASSALLE : Mal.

JADE : Ah bon ? Qu'est-ce qu'il se passe ?

LASSALLE : Je cherchais l'espace bovins pour y exposer ma Marguerite...

MEUUUUH !

LASSALLE : Ta gueule Marguerite ! Je disais donc : je cherchais l'espace bovins, et je me suis égaré dans l'espace dégustation de produits ruraux.

JADE : Et alors ? Ça devrait vous plaire...

LASSALLE : Mais pas du tout ! J'ai été interpellé par un olibrius qui a voulu me faire bouffer du « fromalgues », c'est-à-dire du faux fromage, à base de jus d'algues.

JADE : Aïe aïe aïe...

LASSALLE : Oui, c'est ce qu'il a dit quand je lui ai envoyé ma main dans la figure.

MEUUUUH !

LASSALLE : Et Marguerite aussi lui a envoyé un coup de sabot dans les valseuses, la pauvre bête qui fait du si bon fromage avec son lait, elle était vexée...

JADE : Oui je comprends. Et ensuite ?

LASSALLE : Ensuite j'ai été alpagué par une foldingue en sarouel qui a voulu me faire goûter de la saucisse de Mortofu, c'est-à-dire de la saucisse de Morteaux à base de tofu. Et quand je lui ai dit que je refusais de mettre cette merde dans ma bouche, elle m'a traité, accrochez-vous bien, de

« réactionnaire ». Bouducon, mon sang n'a fait qu'un tour ! Et j'ai détruit son stand pendant que Marguerite lui encornait le cul.

MEUUUUH !

JADE : Faites attention quand même, vous pourriez avoir des ennuis...

LASSALLE : Rien à foutre. Je ne laisserai pas le patrimoine gastronomique de notre beau pays aux mains de ces timbrés. Sur ce, je vous laisse, j'ai un bar à sojaclette à détruire.

JADE : À sojaclette ? Qu'est-ce que c'est que ça ?

Lassalle : De la raclette à base de fromage au lait de soja. À l'attaque, Marguerite ! À l'attaque !

MEUUUUH !

CHÈRES LEVALLOISIENNES, CHERS LEVALLOISIENS, JE LANCE UN GRAND APPEL AUX DONS : SOLIDARITÉ AVEC PATRICK ! 500 000 EUROS. UNE PAILLE ! ET POUR CHAQUE DONATEUR, EN PRIME, UN GRAIN DE RIZ DÉDICACÉ !
ISABELLE BALKANY

PATRICK BALKANY

Assigné à résidence

JADE : Depuis qu'il est sorti de prison, Patrick Balkany est assigné à résidence dans sa propriété du moulin de Cossy, à Giverny. Il est avec nous au téléphone, bonjour monsieur Balkany.

BALKANY : Enfoiré !

JADE : Mais enfin je vous en prie !

BALKANY : Pardon, c'est pas à vous que je parlais, c'est au paparazzi caché derrière la haie qui essaie de me prendre en photo. Isabelle, ramène-moi le fusil !

JADE : Ah d'accord… Et donc, comment se passe cette résidence ?

BALKANY : Mal. J'ai pas le droit de sortir. Résultat, je passe mes journées à errer entre mon Jacuzzi et ma piscine en buvant mes grands crus. C'est de la maltraitance.

JADE : C'est tout de même mieux qu'à la prison de la Santé…

BALKANY : Ouais ça se discute. À la Santé au moins j'avais mes copains, je pouvais jouer à la belote avec Dédé-la-Sulfateuse et Riton-la-Torgnole, mais là je m'ennuie.

JADE : Vous n'avez qu'à jouer avec votre femme et son assistant…

BALKANY : Qui ça, Grain-de-riz ? C'est plus son assistant, elle l'a viré, elle a eu peur qu'il lui refile le coronavirus.

JADE : Hum, je vois…

BALKANY : C'est dommage, parce que Grain-de-riz, pour le coup, ça l'aurait pas dérangé d'être cantonné… M'enfin bon, je me console en me disant que je suis au moulin de Giverny. Un moulin, c'est rassurant.

JADE : Ah bon, pourquoi ?

BALKANY : Parce que le moulin, historiquement, c'est l'endroit où on amène son blé.

SPÉCIAL 3 000e !

Le 4 mars 2019, Laurent et son équipe fêtaient la 3 000e matinale sur RTL — soit 18 ans d'antenne ! Une émission animée par Yves Calvi, à laquelle ont participé Michel Drucker, Stéphane Bern, Caroline Dublanche, Alba Ventura et Édouard Baer...

JADE : Yves et Michel, il y a quelqu'un qui pour rien au monde n'aurait raté cette 3 000e, c'est Fabrice Luchini...

LUCHINI : Charles Péguy a dit : « Le classique se connaît à sa sincérité, le romantique à son insincérité laborieuse »... Je vous laisse deux secondes... Je sens dans le public qu'il y en a deux ou trois qui sont un peu perdus. Je les comprends... Ils étaient venus pour écouter Stéphane Plaza et Cristina Cordula aux *Grosses Têtes* et ils se tapent du Charles Péguy ! Toi, la Jade, toi qui adhères au propos, t'as compris pour qui je dis la phrase de Péguy ?

JADE : Pas trop, non...

LUCHINI : Pour le Calvi et le Kerdru, bien sûr ! Parce que le Calvi et le Kerdru, c'est pas des romantiques, c'est des classiques ! C'est quoi un romantique laborieux de nos jours ? C'est un hipster à chignon et à barbe carrée qui va acheter son quinoa en trottinette ! On est d'accord ?

JADE : Certes...

LUCHINI : Regarde bien le Calvi, maintenant... Tu l'imagines avec un chignon à faire de la trottinette ?!

JADE : Pas franchement...

LUCHINI : Ben voilà ! Le Calvi, c'est un classique ! Il est rassurant, le Calvi, avec ses chemises. Parfois, il fait péter deux boutons... Et puis il s'intéresse à tout... Le reportage de 8 h 30 par exemple consacré à la reproduction des bigorneaux en Basse-Bretagne, ça le passionne, le Calvi, et du coup, il nous passionne aussi...

JADE : Et Michel ?

LUCHINI : Ah ben là, excuse-moi Yves, mais Michel c'est carrément niveau international ! Il a Brad Pitt ou Franck Dubosc sur son clic-clac, c'est pareil, il y met la même passion ! Le Kerdru, c'est 147 ans de carrière, c'est comme la tour Eiffel et le Moulin-Rouge, c'est une institution ! Alors le Gerra avec sa 3 000e, il peut aller se rhabiller !

JADE : Oui enfin, Fabrice, Michel reste très moderne !

LUCHINI : Mais bien sûr ! Il est hyper jeune, le Kerdru ! C'est un teuffeur énorme ! Michel, est-ce que tu m'autorises à raconter une fête chez toi ?

DRUCKER : Je n'y tiens pas trop, mais...

LUCHINI : Je te remercie, Michel. La fête chez le Kerdru, c'est énorme ! D'abord il y a l'heure où t'es convoqué. Les soirées chez le Kerdru, c'est pas des afters, ça commence à 18 heures pétantes !

DRUCKER : Tu exagères, Fabrice, parfois c'est 18 h 30...

LUCHINI : C'est vrai... Donc tu te pointes à 18 h 30, mais là, tu rentres pas forcément... Y a d'abord un contrôle... T'as intérêt à avoir la carte.

JADE : **La carte bancaire ?**

LUCHINI : Non, la carte vitale ! Parce que avant de te laisser rentrer chez lui, le Kerdru te fait un check-up complet : prise de la tension, analyse d'urine, palpations en tout genre, faut pas être hypocondriaque ! C'est Dany qui s'occupe des analyses, elle est très sévère ! Avec le coronavirus, Jackie Chan a voulu aller boire l'apéro chez le Kerdru, je te jure qu'il est pas rentré !

DRUCKER : C'est vrai que je connais bien Jackie Chan... Magnifique Jackie Chan ! C'est moi qui lui ai cousu son premier kimono ! Comme Bruce Lee, que j'aimais beaucoup... Magnifique Bruce Lee ! Peu de gens le savent, mais j'ai combattu Bruce Lee... J'ai eu le dessus... le dessus de Lee. Magnifique, le dessus-de-lit !

LUCHINI : T'as vu ça, la Jade ?! Le Kerdru est énorme ! Ça, c'est un professionnel, et en plus d'être professionnel, il est fidèle ! On pouvait pas imaginer une 3 000e sans lui, lui qui a fondé RTL, qui a inventé la valise, qui a joué le générique des infos à la trompette, chapeau bas, Kerdru ! C'est du très lourd.

JADE : **Stéphane Bern est également avec nous ce matin, bonjour Stéphane, et je crois que vous êtes en compagnie d'une personnalité qui a souvent été des nôtres le matin. N'est-ce pas, Stéphane ?**

BERN : Bonjour mademoiselle Jade, bonjour à tous. En effet, pour cette émission exceptionnelle, nous allons revenir sur un fait historique qui a donné lieu à un bon nombre de chroniques dans cette matinale. C'est pourquoi je propose un numéro spécial de mon émission *Secrets d'histoire*, que j'ai exceptionnellement rebaptisée, en raison de mon invité *Secrets de plumard*.

JADE : **Fort bien ! Et dans quel lieu chargé d'histoire nous emmenez-vous, Stéphane ?**

BERN : Au Sofitel de New York. Alors installez-vous confortablement, et que la visite commence !

♫ *Musique* Secrets d'histoire

BERN : Bienvenue dans *Secrets de plumard*. Je me trouve devant la chambre 2806 du Sofitel de New York.

JADE : Et pourquoi cette chambre en particulier, Stéphane ?

BERN : Vous allez bientôt le découvrir grâce à notre reconstitution criante de vérité historique... Nous sommes le 14 mai 2011. Je frappe à la porte. Toc toc toc !

DSK : Hmmm... Entrez... Poussez fort...

BERN : Bonjour ! C'est la femme de chambre !

DSK : Bonjour. Hmmmmm... Je ne vous imaginais pas comme ça : un peu plus MILF, Mother I'd Like to Fuck, un peu moins crevette. Mais ça fera l'affaire. Comment vous appelez-vous ?

BERN : Nafissatou !

DSK : Enchanté Nafissatou. Moi c'est Di S Kay, Directeur du F M Aille, Fonds monétaire international. Mais appelez-moi Dominique, ou même « Nique », tout court... hmm...

BERN : Tutututut... Est-ce que vous avez besoin que je fasse la chambre, monsieur Nique ?

DSK : Allez-y, faites-moi la totale. Ça ne vous dérange pas si je me mets un peu à l'aise ? J'ai chaud...

BERN : Mais je vous en prie, monsieur Nique, le client est roi !

DSK : Vous savez, it's funny... C'est marrant que vous me parliez de roi, parce que vous ressemblez au spécialiste des têtes couillonnées en France, un certain Stéphen Burne... Pardon... Stéphane Bern.

BERN : Mais c'est moi !

DSK : Ah bon ? Mais où suis-je ?

BERN : Vous êtes dans *Secrets de plumards* !

DSK : Je me disais aussi que vous n'aviez pas une tête à faire le ménage. Alors, j'avoue, vous m'avez bien eu. J'appelle ma femme pour qu'elle me loue une villa à Manhattan et Joe Peci pour qu'il soit mon avocat. Un piège ? C'est possible. Un complot ? Nous verrons.

BERN : À la bonne heure !

CALVI : Alba Ventura est l'une de nos meilleures intervieweuses politiques... D'ailleurs, je crois, Alba, que nous avons un client pour vous ce matin.

ALBA VENTURA : Bonjour monsieur le Président.

HOLLANDE : Mais euh... Je... Bonjour monsieur Jean-Yves Elkabbach... Bonjour Alba Chabot !

ALBA : Alors, non, monsieur Hollande, vous n'y êtes pas du tout. Lui, ce n'est pas Jean-Pierre Elkabbach, c'est Yves Calvi. Moi, je suis Alba Ventura.

HOLLANDE : Je euh... Je connais bien votre époux... Lino... Lino Ventura... Et aussi son père... Ray... Ray Ventura... Sans oublier sa sœur... Ella Ventura...

(il chante) ♫ *Ella Ventura*

C'est la vie que je mène avec toi ♫

ALBA : Bon, venons-en au fait. On a l'impression que vous ne voulez pas quitter la scène politique...

HOLLANDE : Je... Je m'entraîne, madame Delon.

ALBA : Non, moi, c'est Ven-tu-ra...

HOLLANDE : Oui, c'est ça... Je m'entraîne pour 2022. Je compte bien retrouver mon poste. Pour l'instant, c'est un stagiaire de 3e qui me chauffe la place, mais dès mai 2022, le patron sera de retour.

ALBA : Vous ne comptez tout de même pas vous représenter ?

HOLLANDE : Mais si, madame Gabin.

ALBA : Non, moi c'est toujours Ventura... Bref ! Le problème, c'est que vous n'avez plus aucun soutien.

HOLLANDE : Mais si, j'ai du soutien... J'ai le soutien de ma Juju... Julie Gayet... Ma Juju, c'est une béquille pour moi. D'ailleurs, depuis que j'ai garé mon scooter en bas de chez elle, rue du Cirque, je suis sur la béquille.

ALBA : Avoir Julie Gayet comme soutien, c'est quand même peu.

HOLLANDE : Il n'y a pas que Julie Gayet qui me soutient. Il y a aussi Robert Gayet, Simone Gayet, Marinette Gayet, Kévin Gayet et même Kiki Gayet...

ALBA : Qui est Kiki Gayet ?

HOLLANDE : C'est le caniche nain de Marinette Gayet...

ALBA : Vous comptez vous présenter à la présidentielle avec un caniche ?

HOLLANDE : Et alors ? Emmanuel Macron a bien Muriel Pénicaud, vous avez vu sa coupe de cheveux ? Moi aussi je peux avoir un caniche ! Je l'ai dit, ça !

ALBA : Merci monsieur le Président, nous voilà rassurés.

HOLLANDE : De rien, madame Belmondo.

CALVI : Ah ! Eh bien, ma chère Alba, je crois que vous avez aussi la visite de Nicolas Sarkozy.

SARKOZY : Bonjour... Et ben alors, on m'avait oublié ? Vous avez un président qu'est débordé avec ses hôtels internationals et ses séances de dédicace de ses livres, qui depuis 3 000 émissions, prend le temps de vous amener de temps en temps des restes de chouquettes des petits déjeuners qu'il s'occupe et vous l'invitez même pas ?

ALBA : Mais si, on est ravis de vous avoir, monsieur le Président. D'autant que vous aussi, vous êtes toujours très présent sur la scène politique.

SARKOZY : Je suis pas là pour dire du mal... Mais qui que c'est le parrain de la droite, hein, qui que c'est ? Vous voulez le savoir ? Eh ben je vais vous le dire : c'est bibi.

ALBA : Il paraît même que vous conseillez François Baroin, qui pourrait se lancer en 2022.

SARKOZY : Il est chaud comme une baraque à frites, mon Baroin... Je vous l'ai amené... Vas-y François, dis bonjour.

BAROIN : *(avec une voix grave)* Bonjour...

SARKOZY : Et voilà ! Avec sa voix d'velours à la Marvin Gaye, suffit qu'il dise bonjour pour que le studio prenne trois degrés d'un coup... Eh ben voilà, cherchez pas le responsable du réchauffement climatique, c'est lui... Ich, ich, ich...

ALBA : Merci messieurs, et rendez-vous pour la 6 000e, parce que c'est bien connu, les hommes politiques, même s'ils perdent, on les revoit toujours.

CALVI : Et ce matin nous avons également avec nous la voix la plus écoutée de la nuit, Caroline Dublanche. Et je crois d'ailleurs, Caroline, que vous avez un auditeur au standard qui tenait absolument à vous parler...

CAROLINE : Bonjour, c'est Caroline Dublanche. Qui est en ligne ?

VILLIERS : Allô, madame Dublanche ? C'est Philippe. Philippe de V. avec un V comme dans Vendée. Je ne vous félicite pas pour vos activités nocturnes ! La nuit, après les vêpres et le brouet de légumes, c'est fait pour dormir ! En ce qui me concerne, à l'heure où vous confessez la France, je suis au lit depuis déjà longtemps.

CAROLINE : J'entends cela, Philippe, mais il y a certains de nos auditeurs, qui aiment, au contraire, vivre la nuit. Il y en a même qui voient dans le noir. Mais si je comprends bien, Philippe, vous n'êtes pas du tout nyctalope...

VILLIERS : Aaah ! Vade retro, Carolinas, créature de la nuit ! Dans notre saint bocage vendéen, témoin de tant de bravoure chouanesque, jamais on ne nique et il n'y a pas de lope !

CAROLINE : J'entends votre déni, Philippe, mais j'entends aussi l'expression d'une fêlure intime. Je me trompe ? Vous savez que l'antenne de RTL est ouverte, vous pouvez tout nous dire.

VILLIERS : Ah, je vois que décidément, vous n'avez pas usurpé votre réputation d'accoucheuse de minuit ! Eh bien soit ! Je vous avoue que lors des représentations nocturnes du Puy du Fou, il m'arrive parfois de regarder de jeunes touristes hollandaises dont la lueur des torches dessine dans la nuit les formes généreuses et les postures lascives.

CAROLINE : Vous voyez, Philippe, la nuit réserve parfois des surprises... Continuez, je vous en prie, nous sommes entre nous, personne ne vous juge.

VILLIERS : Vous l'aurez voulu, femme de radio ! Parfois, à minuit du soir, après le spectacle du Puy du Fou, je vais faire un after dans un camping interlope où des noctambules en string ficelle, ivres de rosé-pamplemousse, se déhanchent sur du Rose Laurens ou même du Sabrina, vous savez l'Italienne fortement tétonnée qui s'épile le sif ! Ah, j'arrête, je bande !

CALVI : Bon alors vous savez que normalement, à cette heure-ci, je passe l'antenne à Julien Courbet pour *Ça peut vous arriver*. Eh bien aujourd'hui, exceptionnellement, je vais profiter de cette petite fête autour de la 3 000e chronique de Laurent pour piquer sa place à Julien Courbet. Jade, vous voulez bien m'aider à résoudre les problèmes des auditeurs ?

JADE : Bien sûr, monsieur Calvi.

CALVI : Je savais pouvoir compter sur vous. Alors, on y va, c'est parti ! On commence avec le cas de Philippe Martinez. Le 5 décembre dernier, ce sympathique moustachu a commandé par correspondance une grève générale toutes options, avec blocage des trains, des raffineries et des métros. Au début, tout va bien, le pays est paralysé et Philippe est satisfait. Mais très vite, les choses se compliquent, sa grève donne des signes d'essoufflement alors qu'elle est encore sous garantie.
Aujourd'hui, Philippe, qui a acheté 780 kilos de merguez et des kilomètres de banderoles, se retrouve avec une grève au point mort, et il a plus de 50 000 pin's de la CGT sur les bras. Je crois que nous avons Philippe en ligne avec nous.

MARTINEZ : Qu'est-ce qu'on dit nous autres à la CGT ? On dit que quand j'appelle au sujet de ma grève qui marche plus, le service après-vente de M. Philippe Édouard y nous répond pas au bout du fil...

CALVI : Édouard Philippe, vous voulez dire, je suppose...

MARTINEZ : Philippe Édouard ou Édouard Philippe, que tout ça, pour nous à la CGT, c'est bonnet blanc et blanc bonnet. Que le problème c'est qu'y faudrait que ma grève elle remarche pour que nous autres à la CGT on finisse les merguez que sinon ça sert à rien... ou alors qu'on me la rembourse...

CALVI : Édouard Philippe va-t-il accepter d'échanger ou de rembourser la grève de Philippe Martinez ? Va-t-il racheter le stock de merguez de Philippe ? Nous mettons l'appel en attente, car on me fait signe que nous avons une alarme au standard... Jade, nous avons du nouveau sur le cas de Gérard ?

JADE : Tout à fait, Yves. Je vous rappelle le dossier : Gérard a acheté du poulet, des steaks et du vin dans une épicerie du 11e arrondissement et il n'est pas satisfait de son achat. Gérard est avec nous en ligne, Julien.

DEPARDIEU : Allô ? Courbet ? C'est Gégé à l'appareil, Gégé Depardieu, tu m'remets ? Obélix, Cyrano, Danton, Barbara... Tout ça c'est moi !

CALVI : Bien sûr, Gérard, que je vous connais, c'est un immense honneur de vous avoir en ligne. D'où nous appelez-vous ?

DEPARDIEU : Hein ? Mais j'en sais rien moi, d'où j't'appelle ! J'm'y perds, avec tous mes passeports. J'sais jamais si j'suis en France, en Algérie, en Russie, en Belgique ou en Corée du Nord. En tout cas, mon cas il est bien français ! Alors j'espère que tu vas m'le résoudre vite fait bien fait !

CALVI : On va essayer, Gérard. Rappelez-nous en deux mots ce qui vous arrive...

DEPARDIEU : J'me suis fait refiler des saloperies dans une épicerie du 11e arrondissement. Mes escalopes de poulet, elles avaient un goût de semelle, ça faisait comme des petits grains dans la bouche ; mes steaks, impossibles de les avoir bien saignants, bien juteux, ils étaient tout secs, on aurait dit du polystyrène.
Et le pinard, quand je l'ai ouvert ça a moussé et y a eu une odeur de rouquine en sueur qui s'est échappée... Imbuvable, j'te dis ! J'me suis fait arnaquer, faut qu'tu m'aides !

CALVI : Alors pas de panique, Gérard, nous avons retrouvé l'épicerie où vous avez fait vos courses. On l'appelle...

☎ *Driiing !*

JACQUELINE DE LA RAIE : Osez le véganisme, j'écoute ?

CALVI : Bonjour, c'est Yves Calvi sur RTL... Je suis bien avec Jacqueline de la Raie, qui dirige l'épicerie-concept « Osez le véganisme » ?

JACQUELINE : C'est bien moi. C'est à quel sujet ?

DEPARDIEU : C'est au sujet qu'tu m'as vendu des trucs dégueulasses. Moi qui voulais me faire un p'tit quatre heures en attendant mon entrecôte du soir, j'ai tout jeté ! Même les pigeons en ont pas voulu !

JACQUELINE : Ça vous apprendra à manger des animaux !

DEPARDIEU : Qu'est-ce qu'elle dit, la foldingue ?

CALVI : Attention, Jacqueline et Gérard, on reste calme et courtois... Jacqueline, seriez-vous prête à faire un geste commercial pour Gérard ?

DEPARDIEU : Allez, Jacqueline, fais péter une caisse de saucisses et on fait la paix...

JACQUELINE : Je peux en effet offrir à titre exceptionnel un sachet de saucisses de soja à M. Depardieu.

DEPARDIEU : Hein ? Ça va pas la tête ! Jamais ! Plutôt crever ! Fumiers !

JADE : Ah, je crois que quelqu'un est en ligne avec nous...

PRAUD : Bonjour, c'est Pascal Praud, le vrai... Quand il m'imite, Laurent Gerra me met toujours un cheveu sur la langue. Dans le cadre du reboisement de la France, dois-je l'enlever de ma langue pour l'implanter sur le crâne de François Lenglet ? Je pose la question au 3210.

JADE : Merci Pascal...

PRAUD : J'ai pas fini... Laurent Gerra adore le ski alpin. Mais si le ski alpin, qui a le fromage, et qui a le vin ? Je pose la question au 3210.

JADE : Voilà, merci Pascal...

PRAUD : J'ai toujours pas fini... J'ai encore une question. Quand un végan tombe par terre, est-ce qu'on peut dire qu'il se viande ? Je pose la question au 3210.

JADE : Bon allez, on va s'arrêter là, Pascal...

PRAUD : Ah non ! J'ai pas fini ! J'ai une dernière question, une question fondamentale... Une femme fontaine fait-elle de la vapeur quand elle a le feu au cul ? Je pose la question au 3210.

GUY LUX/LÉON ZITRONE

EN ATTENDANT LES CÉSAR

JADE : C'est demain, vendredi, qu'aura lieu la 45e cérémonie des César, animée par Florence Foresti. Comptons sur elle pour donner un peu de gaîté à ce programme qui souvent, il faut bien le reconnaître, frise l'ennui. Imaginons comment les princes du divertissement d'antan animeraient cette 45e édition avec, en première ligne, l'indémodable Guy Lux.

LUX : Eh bien bonsoir et bienvenue à ce 45e palmarès des César du ring parade du gratin du cinéma français ! D'ailleurs, à propos de gratin, je profite d'être en mondiovision quatre couleurs pour dire à ma femme : chérie, mets l'thermostat sur 12, tiens-moi au chaud les saucisses, c'est pas impossible que j'tape dedans à mon retour vu que ce soir au Fouquet's, c'est végan ! Ils vont nous servir des carottes crues et des graines, j'ai envie de leur dire : j'suis ni un lapin ni une poule, j'suis Guy Lux... Bref ! J'aperçois mon Léon Zitrone qui s'agite sur mon retour Telefunken. Qu'est-ce qui se passe, mon cher Léon ? Parlez bien dans l'esquimau, mais évitez de le lécher, ça vous évitera de saloper la bonnette !

ZITRONE : Guy ! Guy ! Une bande de jeunes gens en survêtements, coiffés de casquettes, tente de s'introduire sur le tapis rouge !

LUX : Calmez-vous, mon Léon, c'est *Les Misérables* de Ladj Ly qui est bien parti pour remporter le César vu son casier judiciaire. Avec Polanski et lui, c'est pas au Châtelet qu'on aurait dû organiser la fiesta, hé hé, c'est au Palais de Justice ! On m'indique dans mon oreillette électrique Radiola 5 000 que Simone Garnier a un message à nous faire passer... En voiture Simone !

GARNIER : Mon cher Guy, la 45e cérémonie des César est placée sous le signe de la libération de la parole des femmes.

LUX : Eh ben dis donc, je suis pas sûr que ce soit une bonne idée qu'elles soient en roue libre au niveau de la parole. Ça va nous faire des discours de remerciement de deux heures trente, comme si c'était déjà pas assez long ! Alors je m'adresse à nouveau à ma charmante épouse : chérie, éteins le four, te casse pas l'bigoudi, j'suis pas près d'être de retour !

ZITRONE : Guy ! Guy ! Tandis que je présentais mes hommages respectueux à Zahia, l'actrice principale d'*Une fille facile*, les attaches de son décolleté ont cédé, laissant échapper deux airbags qui ont cassé mes lunettes ! Je n'y vois plus rien, Guy !

LUX : Vous plaignez pas, mon cher Léon, être aveugle, c'est encore ce qu'il y a de mieux, ça évite de se taper toutes les bouses du cinéma français !

MARS

LE CÉSAR DE POLANSKI

LES ÉLECTIONS MUNICIPALES

LE CORONAVIRUS ET LE CONFINEMENT

LES RÉVÉLATIONS DE PIOTR PAVLENSKI

LES BONS CONSEILS DE DONALD TRUMP

... ET LES QUESTIONS DE PASCAL PRAUD

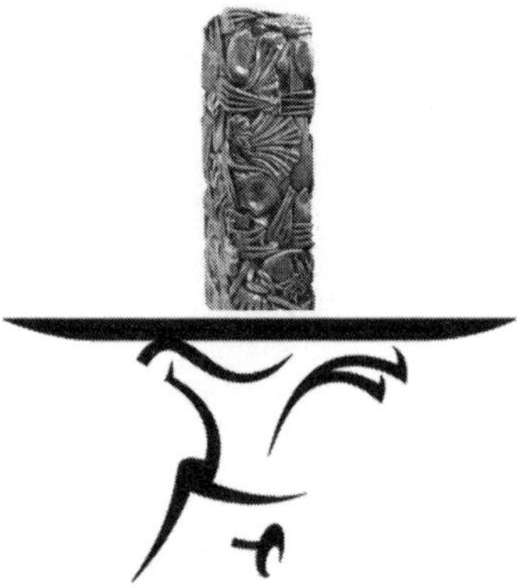

ET LE CÉSAR EST ATTRIBUÉ À...

Roman Polanski

JADE : Ah... On a un coup de fil, je crois...

POLANSKI : Oui bonjour, vraiment...

JADE : Bonjour Roman Polanski...

POLANSKI : Je voulais parler à Julien Courbet, vraiment... L'Académie devait m'envoyer mon César de meilleur réalisateur par Chronopost, mais je n'ai toujours rien reçu, vraiment...

JADE : Ça vous tient vraiment à cœur de recevoir ce César pourtant si polémique ?

POLANSKI : Mais oui, vraiment. Je comptais dessus pour caler ma bibliothèque... Pour l'instant j'ai mis les œuvres complètes de Virginie Despentes, mais ça reste instable, vraiment...

JADE : Bon ben on vous souhaite une bonne retraite, Roman Polanski...

POLANSKI : Je ne suis pas encore à la retraite, je vais tourner *La Petite Fille aux allumettes*, vraiment...

JADE : Ouh là !

POLANSKI : Pour ne pas avoir de problèmes, c'est Line Renaud qui jouera la petite fille, vraiment...

La question de Pascal Praud

PRAUD : Agnès Buzyn, candidate de La République en marche, a réussi à faire oublier Cédric Villani et Benjamin Griveaux. Mais qui regrettera-t-on le plus : l'agrégé de mathématiques, ou l'agrégé de matez-ma-trique ? Je pose la question au 3210.

PIOTR PAVLENSKI

DE NOUVEAUX SCANDALES À VENIR !

JADE : La campagne des élections municipales entre dans sa dernière ligne droite. Nous sommes avec l'homme qui a provoqué la chute de Benjamin Griveaux : bonjour Piotr Pavlenski.

PAVLENSKI : Bonjour. Il n'y a pas que Benjamin Grrriveaux fairrre tomber. J'ai vidéo sur autrrrres candidats.

JADE : Ah bon ? Lesquels ?

PAVLENSKI : J'ai vidéo Anne Hidalgo dans sa voiture bloquée embouteillage et crrrier « Décale-toi, putain de vélo ! ».

JADE : En effet, ça pourrait perturber sa campagne...

PAVLENSKI : Da. J'ai aussi vidéo Cédric Villani se trrromper en faisant une soustrrraction. Je bientôt rr docteur en mathématiques mon cul.

JADE : Ça alors... Et vous en avez d'autres, des vidéos ?

PAVLENSKI : Da. J'ai aussi vidéo sur candidats prrrrésidentielle 2022.

JADE : Par exemple ?

PAVLENSKI : J'ai vidéo Marine Le Pen qui mange couscous, et à la fin, Marine Le Pen faire un rrrototo en disant « Hamdullah » !

JADE : Mazette... Et sur Jean-Luc Mélenchon vous avez une vidéo ?

PAVLENSKI : Da. J'ai vidéo Jean-Luc Mélenchon boirrre château-yqem avec président du Medef dans la piscine de Berrrnard Arrrrnault.

JADE : Ça alors !

PAVLENSKI : Da. Et c'est pas tout. Je bientôt révéler les liens entre politiciens et médias avec nouvelle vidéo choc.

JADE : Ah bon ? Laquelle ?

PAVLENSKI : J'ai vidéo Yves Calvi au restaurrrant avec Gérrrard Larrrcher manger salade de tomates en buvant eau minérrrrale.

JADE : Non ça c'est pas possible, c'est un montage !

NICOLAS SARKOZY – FRANÇOIS HOLLANDE

Municipales et confinement

JADE : **Le premier tour des élections municipales a été marqué par le bon score de Rachida Dati à Paris même si elle est largement derrière Anne Hidalgo. Nous sommes avec l'un des plus fervents soutiens de Rachida Dati. Bonjour Nicolas Sarkozy.**

SARKO : Bonjour mademoiselle Jade, bonjour m'sieur Calvi. Ça va, le confinement ? Vous avez rangé vos placards ? Vous avez classé vos photos ? Vous avez revu *La Grande Vadrouille* pour passer le temps ? Pas encore trop envie de divorcer ?

JADE : Pour l'instant, ça va. Merci. On vous reçoit surtout pour commenter les municipales.

SARKO : C'est rudement gentil de m'inviter au lendemain de ma victoire historique dans la capitale où c'est que j'ai fini deuxième. C'était pas gagné, hein !

JADE : Euh, n'exagérons rien, monsieur Sarkozy. Ce n'est pas vous qui avez fait 22 %, c'est Rachida Dati, l'ancienne garde des Sceaux.

SARKO : Mais mademoiselle Jade, qui c'est qui lui a donné ses sceaux à garder à Rachida ? Ben c'est moi, du temps que j'étais sauveur de la France. Et si elle avait suivi mon conseil, elle aurait gagné au premier tour, ma Rachida.

JADE : Et quel était ce conseil, sans indiscrétion ?

SARKO : Ben c'était de dire au coronavirus « Casse-toi pauv'con ! ».

JADE : Tournons-nous maintenant vers une autre métropole scrutée par tous les observateurs : Tulle. Bonjour François Hollande.

HOLLANDE : Bonjour mademoiselle Tchang... Bonjour Yves Mourousi...

JADE : Vous avez voté à Tulle hier, je suppose.

HOLLANDE : Ouiii ! Malgré l'épidémie de choléravirus, j'ai mis mon masque de plongée, mes gants de vaisselle et après avoir fait des provisions de pâtes et de papier toilette à la camionnette du Casino, je me suis rendu au bureau de vote du gymnase René-Coty, en face du Balto. Les Tullards étaient venus nombreux pour me saluer de loin. Vous les avez vus ?

JADE : Je crois qu'on dit les Tullistes...

HOLLANDE : Ne m'interrompez pas... Il nous fallait choisir entre le projet de Bernard Combes du PS, pour la liste « Vive Tulle », et Raphaël Chaumeil, de la liste LR « Tulle au cœur, Tulle en chœur ». En effet, la liste animaliste « Et mon Tulle, c'est du poulet » avait fusionné avec la liste des antiquaires « Mon Tulle sur la commode ».

JADE : Bien sûr...

HOLLANDE : Un choix stratégique pour déterminer si nous construirons la cité de l'accordéon, de la dentelle ou des deux.

JADE : Très bien, merci François Hollande.

HOLLANDE : Mais... Je... Je n'ai même pas commenté les résultats. Il y a des surprises...

JADE : On les a déjà, on est abonnés à *La Montagne.* Surtout restez bien confiné.

BRIGITTE ET EMMANUEL MACRON

REDRESSE !

JADE : La cote de popularité d'Emmanuel Macron a chuté, ce qui, pour La République en marche, est très inquiétant à un mois des municipales. Voyons comment on s'organise à l'Élysée.

BRIGITTE : Emmanuel ! Emmanuel ! Cesse de jouer au petit chimiste, l'heure est grave !

MACRON : Mais euh, Brizitte... Ze zoue pas au p'tit chimiste, z'ausculte le docteur Maboul !

Biiip !

MACRON : Son nez s'est allumé, il est tout rouze, il a le coronavirus ! Z'appelle le docteur Véran immédiatement !

BRIGITTE : Cesse de faire l'enfant, Emmanuel ! Il y a beaucoup plus grave que tes histoires de grippe chinoise : ta cote de popularité s'effondre. Tu vas te prendre une fessée aux municipales ! Si ça continue comme ça, en 2022, je suis bonne pour retourner vendre des macarons Trogneux à Amiens !

MACRON : Cool, Brizitte ! Détends-toi, ze vais arranger ça...

BRIGITTE : Penses-tu ! Tu perds plus de 20 points chez les écologistes, c'est une catastrophe !

☎ *Driiing !*

BRIGITTE : Et allez ! Qui vient encore me déranger ? Cellule de crise des Macron, j'écoute !

STÉPHANE MARIE : Bonjour, bonjour, c'est Stéphane Marie de *Silence ça pousse*... Pour séduire les écolos, il faut vé-gé-ta-li-ser ! On plante des bulbes sur le crâne d'Édouard Philippe et on arrose, on arrose...

BRIGITTE : Oui, merci Stéphane Marie, on y pensera !

☎ *Re-Driiing !*

BRIGITTE : C'est pas vrai ! Cellule de crise des Macron, j'écoute !

BERN : Allô, ma reine, c'est Stéphane Bern !

BRIGITTE : Vous êtes gentil, Stéphane, mais on n'a plus un kopeck pour vos vieilles baraques !

BERN : Je ne vous appelle pas pour ça, ma reine, je vous appelle, car j'ai la solution pour qu'Emmanuel redresse sa courbe !

BRIGITTE : À ce niveau-là, on a eu ce qu'il faut avec Griveaux, merci bien !

BERN : Mais non, ma reine ! Sa courbe de popularité auprès des défenseurs de l'environnement. Il faut utiliser Gamm Vert, Gamm Vert : le goût du jardin !

ENRICO MACIAS

LA MORT DE MES OS !

JADE : Bonjour Enrico Macias.

ENRICO : Bonjour à toi, ma p'tite gazelle rieuse et cinq sur toi mon frère en chemise Yves Calvi et merci de votre hospitalité à tous. Enfin, quand je dis « tous », j'veux pas dire « tousse dans la manche » mais « tous, vous autres ». Je sais que chez vous, dans la matinale, le visiteur de passage, il est sûr de toujours trouver un masque propre et un peu de gel hydroalco-ho-lique pour se réchauffer les mains.

JADE : Exactement. Qu'est-ce qui vous amène au juste, Enrico ?

ENRICO : C'qui m'amène à moi, c'est bien sûr la crise de ce coronavirus. Tu sais, même si y en a qui disent qu'on en fait trop, moi je crois que les conséquences, elles peuvent être dramatiques...

JADE : Vous avez raison de le rappeler, Enrico. Le mieux est encore de rester chez soi...

ENRICO : Justement, c'est ça qui est l'plus dramatique. Parce que ça me rappelle la fois que ma p'tite cousine Lilith elle avait eu la varicelle et que le docteur Touboul il avait confiné toute la famille à la maison pendant 15 jours. Ma parôle, la mort de mes os, c'était horrible comment qu'on s'ennuyait ! Mémé Malika, tellement qu'elle s'ennuyait qu'elle avait décidé de compter combien y avait de grains de semoule dans un paquet d'un kilo et qu'à chaque fois elle s'endormait avant la fin, la tête dans le tas, et qu'y fallait tout recommencer. Tata Djamila, elle avait tout rangé ses placards et elle avait tout passé au Miror, même sa dent en or. Et tonton Abdel, il avait décidé d'profiter d'être bloqué à la maison pour bricoler.

JADE : C'est vrai que c'est une façon utile de passer le temps quand on est confiné chez soi...

ENRICO : Sauf que tonton Abdel, il s'était mis en tête d'électrifier le balai Bissell mécanique de tata Djamila, tu sais le modèle avec ses brosses toutes rondes qui dépassent, parce qu'il trouvait qu'il ramassait pas assez vite les miettes.

JADE : Aïe, aïe, aïe...

ENRICO : Comme tu dis, ma p'tite princesse orientale. Quand il l'a branché, le balai Bissell, tata Djamila, elle s'est mise à tourner sur place comme une toupie et elle a fini enroulée dans les rideaux qu'on aurait dit une pâtisserie orientale avec le papier qui colle autour et qu'elle était pas contente, crois-moi. C'est pour ça qu'j'voudrais avertir les Français à eux : le plus dur dans le coronavirus, c'est pas la maladie, c'est le confinement !

LUTTONS CONTRE LA CRISE ÉCONOMIQUE !

JADE : **Le coronavirus a des conséquences dramatiques sur l'économie mondiale. On en parle avec notre expert en économie : bonjour François Lenglet.**

LENGLET : En effet, le coronavirus touche tous les secteurs d'activité, sur toute la planète.

JADE : **J'imagine que vous allez nous inviter à regarder l'Allemagne…**

LENGLET : Pas du tout, je vais vous surprendre : regardez le bois de Boulogne…

JADE : **Ah oui c'est surprenant. Et que se passe-t-il au bois de Boulogne ?**

LENGLET : Eh bien, la peur du coronavirus a entraîné une baisse d'activité dans le secteur de la prostitution, entraînant un effondrement des prix à la pompe.

JADE : **Ah oui, c'est dramatique.**

LENGLET : Et c'est pareil du côté du bois de Vincennes, où les célèbres petites camionnettes aménagées sont boudées par les clients. Mais les prostituées réagissent et se reconvertissent. Comme par exemple la grosse Lulu, qui a transformé sa camionnette en baraque à pizzas et séduit une nouvelle clientèle avec ses délicieuses pizzas aux anchois dans la datte et à la mozzarella di bouffe-moi-là.

JADE : **Ah oui, c'est astucieux, bravo la grosse Lulu**.

LENGLET : Absolument ! Et bravo aussi à sa collègue Josy-la-Turlutte, qui a eu l'idée de repeindre de toutes les couleurs son stock de préservatifs devenus inutiles, pour se reconvertir avec succès dans le commerce du ballon gonflable. Preuve qu'avec un peu de créativité on peut toujours surmonter les crises.

La question de **Pascal Praud**

PRAUD : Dans les supermarchés, les Français inquiets se ruent sur les paquets de pâtes et de papier toilette. Est-ce à dire que le plat préféré des Français n'est plus le steak frites, mais les pâtes au PQ ? Je pose la question au 3210.

LE CONFINEMENT SELON

DSK

JADE : Bonjour Dominique Strauss-Kahn. Qu'est-ce qui nous vaut l'honneur ?

DSK : Vous savez, miss Jade, le confinement... The confinement... Je l'ai bien connu quand j'ai été assigné à résidence à New York City, la grosse pomme, The Big Apple... hmm... dans la villa de 630 mètres carrés louée par ma femme... à Tribeca, exactly.

JADE : On s'en souvient tous. Bon, puisque vous êtes là, allez-y, dites-nous ce qu'il faut savoir sur le confinement.

DSK : Tout d'abord, il faut éviter d'être confiné avec sa femme ou son époux, car sinon, très vite, les assiettes et les noms d'oiseau vont voler et les portes vont claquer. Ensuite, il faut prévoir de la pommade anti-inflammatoire. Beaucoup de pommade...

JADE : Ah bon ? Je croyais que les anti-inflammatoires étaient déconseillés et qu'il fallait privilégier le paracétamol.

DSK : *Forget it*... Oubliez ça, miss Jade... Dans paracétamol, il y a « molle » alors que la pommade anti-inflammatoire servira en cas de tendinite au niveau du poignet, car la solitude et l'ennui, ça se termine souvent devant Internet... Hmm...

JADE : Vous exagérez, être confiné n'implique pas forcément se couper du monde. On peut recevoir un peu, non ?

DSK : C'est vrai... it's true... Mais si vous recevez des amis, il faut bien désinfecter les martinets et savoir garder vos distances et ça, c'est dur... Très dur... Et puis ne pas oublier que les masques de chat ou de cochon ne protègent pas du virus.

JADE : Bon, très bien, c'est noté.

DSK : La question me turlupine...

JADE : Merci Dominique Strauss-Kahn.

PATRICK SÉBASTIEN

Quê(que)te spirituelle

SÉBASTIEN : Oooomm...

JADE : Tiens, Patrick Sébastien... Alors, ce confinement, ça se passe bien ?

SÉBASTIEN : Ouais. Parce que tu vois, ma Jade, sous le costume bariolé du saltimbanque qui donne du bonheur aux gens, y a un philosophe... Et ce philosophe, il a un super-pouvoir qui lui permet d'aller bien tout le temps, même en période de confinement.

JADE : Ah bon ? Mais comment vous faites ?

SÉBASTIEN : OK, je vais te le dire. Je vais te donner mon secret. T'es une belle personne, et tu mérites de le connaître. Alors écoute bien : « Un homme heureux est un homme qui sait transformer les épreuves de la vie en opportunités pour avancer. »

JADE : C'est fort...

SÉBASTIEN : Ouais, j'ai lu ça ce matin dans *Philosophie magazine* au cabinet... J'ai trouvé ça hyper puissant... C'est une citation du Tibétain avec une tête de cul et une robe en rideau de douche là, comment il s'appelle...

JADE : Le dalaï-lama ?

SÉBASTIEN : Ouais voilà, le dalaï-lama. Un grand bonhomme, le dalaï lama... Oooommm... Bref, j'ai décidé que ce confinement, j'allais en faire une expérience positive en suivant les conseils du dalaï-machin, c'est-à-dire, accroche-toi : « en me reconnectant avec mon moi intérieur ».

JADE : Intéressant... Et comment vous comptez vous y prendre ?

SÉBASTIEN : Alors justement, c'est ça qu'est chiant avec le dalaï-bidule, il balance des trucs au pif, mais il donne jamais la méthode... J'ai bien essayé de me mettre un doigt dans le cul, mais mon moi intérieur, ça l'a pas fait réagir. Du coup je cherche.

JADE : Mais vous savez Patrick, le plus important, ce n'est pas le résultat, c'est la quête...

SÉBASTIEN : Oh putain, c'est super fort ce que tu dis, ma Jade, j'adore ! Je l'ai toujours su que sous le poncho de l'animatrice radio qui fait pouêt-pouêt quand on lui dit camion, y a une personne bienveillante qui donne du bonheur aux gens. Toi et moi, on est pareils... Du coup, même si j'aime pas trop que les gonzesses me donnent des ordres, je vais suivre ton conseil et me concentrer sur ma quête. Et si j'en ai deux, ça me fera une quéquette, ha, ha !

CHRISTOPHE CASTANER

JADE : **Le ministre de l'Intérieur a rappelé l'importance de respecter les consignes de confinement. Il a même traité les contrevenants d'imbéciles. Bonjour Christophe Castaner.**

CASTANER : J'aurais aussi pu dire que c'étaient des abrutis, des arriérés, des benêts, des crétins, des demeurés, des niais, des andouilles, des cloches, des idiots, des cornichons... Bref ! des pignoufs, quoi !

JADE : **Vous n'allez peut-être pas nous faire tout le dictionnaire des synonymes...**

CASTANER : Visiblement, y a un certain nombre de Français qui sont sourds, malentendants, bouchés, entravés des esgourdes, fermés des cages à miel, non comprenants... Bref ! des cons, quoi !

JADE : **Je crois qu'on a bien compris, là...**

CASTANER : Tant mieux parce que je ne vous cache pas que j'ai un after au Montana et je suis un peu à la bourre, là...

JADE : **Quoi ? Mais enfin Christophe Castaner, il est interdit d'aller en boîte de nuit !**

CASTANER : Non mais ne vous inquiétez pas, je suis tout seul. Je fais à la fois DJ, danseur, serveur et consommateur. J'ai fait le plein de vodka pomme et j'ai l'œuvre intégrale de David Guetta, je peux tenir un siège au Montana !

JADE : **Et ça se passe bien vos petites fêtes ?**

CASTANER : Super ! Je peux passer la musique que je veux et j'ai pas besoin de brailler pour me faire entendre, vu qu'y a personne à qui parler. Non, le plus dur, c'est que j'ai personne à galocher... Une fête en discothèque sans galoche, normalement, c'est comme un discours de Ségolène Royal sans connerie dedans.

JADE : **C'est-à-dire ?**

CASTANER : Ça n'arrive jamais.

La question de **Pascal Praud**

PRAUD : Pendant le confinement, des chanteurs et des chanteuses font des concerts privés dans leur appartement, qu'ils diffusent sur les réseaux sociaux. Les voisins de Zaz doivent-ils se faire livrer des boules Quies en urgence ? Faut-il isoler Florent Pagny sur une île déserte ? Je pose la question au 3210.

DERNIÈRE SÉANCE CONFINÉE

JADE : En cette période de confinement, chacun tente de s'occuper. Si les cinémas ont fermé, les plateformes sont très demandées. Faisons le point sur les films à voir avec notre spécialiste Eddy Mitchell.

MITCHELL : Ah oui, miss Jade, et si vous n'êtes pas abonnés à Netflix, ressortez vos cassettes VHS du grenier. Vous y trouverez des trésors de circonstance comme l'extraordinaire *Tousse moins fort, on s'entend plus*, de l'immense Max Pécas avec Maurice Risch et Rosy Varte... Sans oublier *Y a du monde au balcon*, avec Darry Cowl et la divine Grace de Capitani... Grace of Capitani... L'histoire d'un homme qui chaque soir applaudit le décolleté de son infirmière... d'où le titre.

JADE : Merci Eddy. D'autres films à voir ou à revoir ?

MITCHELL : Absolutly, miss Jade... Pour vous changer les idées, je vous conseille un western-spaghetti du duo Barilla et Buitoni... L'histoire d'un shérif qui protège les stocks de spaghettis du saloon après l'attaque des Indiens...

JADE : Ça me rappelle quelque chose...

MITCHELL : Et puis comme les soirées sont longues, n'hésitez pas à visionner le film *39°7 le soir.*

JADE : Vous voulez dire *37°2 le matin* ?

MITCHELL : Absolutly not, miss Jade. Je ne parle pas de *37°2 le matin* de Jean-Jacques Beineix mais de *39°7 le soir* de John-Jack Beausex, l'histoire d'une rouquine qui a de la fièvre mais qui sera prise en charge par un docteur interprété par l'immense Tobby LaTeube, doté d'un gros thermomètre dont il sait très bien se servir, ce qu'il va faire avec la rouquine très très chaude...

JADE : Oui, oui, bah ne nous spoilez pas la fin du film, monsieur Eddy... En cette période de confinement, les audiences télé explosent. Qu'en pensez-vous, Jean-Luc Godard ?

♫ *Musique* Le Mépris

GODARD : Quand la France s'éteint, la télévision s'allume. On est devant le poste. On est au poste. On est à l'arrêt. On est aux arrêts. Il y a des images mais il n'y a pas d'imagination. Les informations bégaient des rues désertes. On se sent vide comme elles. Et on a honte. Quand on va au cinéma, on lève la tête ; quand on regarde la télévision, on la baisse. Alors j'ai envie de dire... coupez BFMTV et ouvrez un livre.

MICHEL CHEVALET

FAKENEWSVIRUS

JADE : **Avec l'épidémie de coronavirus se développe la multiplication des fake news sur les réseaux sociaux. Faisons le point avec notre expert Michel Chevalet.**

CHEVALET : Les conneries sur Internet, comment ça marche ? J'ouvre mon application WhatsApp et je regarde le fil de ma conversation « famille ». Voici ce que vient de poster tata Monique : « D'après le fils de la belle-mère de la concierge du voisin de la grand-mère du charcutier du ministre de la Santé, que je connais très bien, la chloroquine en plus de soigner du Covid-19 fait repousser les cheveux. »

JADE : **On en est sûr ?**

CHEVALET : Non, mais ça n'empêche pas tonton Michel, qui n'a pas à douter de la parole de tata Monique, de se connecter à Facebook et de poster ce message : « Le docteur Raoult qui comme par hasard a les cheveux longs a trouvé la potion magique contre le coronavirus. »

Ding !

JADE : **Que se passe-t-il ?**

CHEVALET : C'est une réponse de Bernard75 au message de tonton Michel. Je vous la lis : « Le docteur Raoult avec sa blouse blanche, sa barbe et ses cheveux longs ressemble à un druide. »

Ding !

JADE : **Et ça, c'est quoi ?**

CHEVALET : Le message de Bernard75 a été relayé par KevinDansLeCantal sur Twitter avec ce commentaire : « Uderzo, le génial papa d'Astérix, est mort, Raoult est le sosie de Panoramix : coïncidence, vraiment ? »

JADE : **C'est n'importe quoi !**

Ding !

CHEVALET : Voici maintenant AntiSystem84 qui rebondit avec ce tweet : « C'est Gilles Lellouche qui a diffusé le Covid-19 pour piquer le rôle d'Obélix à Depardieu. »

JADE : C'est de plus en plus n'importe quoi !

Ding !

CHEVALET : Sur Facebook, le dénommé FanDeL'OMParisOnTencule vient de poster ceci : « Gérard Depardieu se cache sous les traits de Didier Raoult. »

JADE : Quoi ?!

Ding !

CHEVALET : Réponse de JeanClaudeBourré à FanDeL'OMParisOnTencule : « Gérard Depardieu est un reptilien venu d'ailleurs ! »

JADE : Non seulement c'est n'importe quoi, mais ça n'a plus rien à voir le message initial...

CHEVALET : La démonstration est faite ! Éteignez WhatsApp, Twitter et Facebook et attendez la réouverture des bistrots pour entendre les mêmes conneries mais en ayant au moins un verre à la main !

RAMBO

LES BONS CONSEILS DE DONALD

JADE : Les décisions de Donald Trump pour lutter contre l'épidémie de coronavirus sont déroutantes. Après avoir fermé les États-Unis, le Président américain appelle maintenant à remplir les églises pour Pâques. Faisons le point avec le conseiller stratégique de Donald Trump, John Rambo.

RAMBO : Fais pas trop ta maline, petite fille... Parce que votre corona-machin, à vous les cuisses de grenouilles, c'est de la gnognotte à côté du nôtre... Notre corona à nous, les Ricains, il a de belles couleurs et de belles lumières... Quand il se balade dans notre corps, y a toujours une grosse musique impressionnante qui fait boum-boum comme celle que t'entends derrière moi. Notre corona, c'est pas votre petite grippette qui donne la goutte au nez !

JADE : Pourtant, c'est le même virus.

RAMBO : Non. Vous, vous savez pas faire le show. Vous, c'est trois péquins au balcon qui applaudissent dans le vide et c'est Bruel qui miaule devant sa webcam... Nous, notre corona, il va produire huit séries Netflix, cinq films Warner, trois comédies musicales à Broadway et deux dessins animés Disney. C'est un corona en VO qui a la voix de De Niro et les abdos de Schwarzenegger. Alors que vous, votre petit corona de rien du tout, il a la voix de Charlotte Gainsbourg et le physique de Pierre Niney.

JADE : Justement ! Raison de plus pour ne pas déjà prévoir un déconfinement comme le souhaite Donald Trump.

RAMBO : Aaaaaarghhh ! Me fais pas rire, cuisse de grenouille, tu vas m'faire péter mes cicatrices ! Cette putain de guerre, on va la gagner en deux semaines. On va pas se faire emmerder bien longtemps par le virus à Jackie Chan !

JADE : De là à appeler à remplir les églises à Pâques...

RAMBO : Me parle pas de Pâques, ça me rappelle un souvenir que j'arrive pas à m'sortir de la tête, colonel !

JADE : Racontez-nous, John Rambo, ça vous fera du bien...

RAMBO : C'était l'an dernier. Donald, pour nous amuser, il avait organisé une chasse aux œufs dans le jardin de la maison blanche. On y est allés avec mon pote Bobby comme deux jeunes chiens fous. À un moment Bobby, il a vu deux œufs dans un buisson. Il était comme un fou : il les a pris et s'est barré en courant avec. Alors on a entendu un cri horrible à te déchirer les tympans. Et on a vu la tête à Donald sortir du buisson, il était tout rouge, le visage déformé par la douleur, même sa moumoute elle avait changé de couleur, c'était affreux !

JADE : Comment ça se fait ?

RAMBO : C'était pas des œufs de Pâques que Bobby il avait pris, c'étaient les œufs à Donald qu'avait sorti son service trois-pièces pour pisser dans le buisson !

JADE : Aïe aïe aïe !

RAMBO : Et même ouille ouille ouille. Mon Donald, il pleurait comme une gamine... C'est pour ça que maintenant, Donald, il veut confiner tout le monde dans les églises à Pâques pour qu'il y ait plus personne dans les jardins qui lui casse les couilles !

PIOTR PAVLENSKI

POUR QUELQUES SCANDALES DE PLUS

JADE : Bonjour Piotr Pavlenski.

PIOTR : Privet.

JADE : Comment vivez-vous ce confinement, Piotr ?

PIOTR : Eh bien je profite confinement pour fairrre rangement disque dur orrrdinateur et classer vidéos.

JADE : Ah oui ? Vous avez de nouvelles vidéos compromettantes ?

PIOTR : Da. J'ai vidéo Yves Calvi à la charrrcuterie, pas respecter un mètrrre réglementairrre dans file d'attente.

JADE : C'est pas bien, Yves.

PIOTR : Vous non plus pas bien.

JADE : Ah bon ? Vous avez aussi une vidéo sur moi ?

PIOTR : Da. J'ai vidéo Mlle Jade faire marche nordique en poncho dans bois de Boulogne à plus de 500 mètres maison.

JADE : C'est vrai, mais j'avais mon attestation de déplacement dérogatoire...

PIOTR : Oui mais sorrrtie sporrrtive impérrrativement autour pâté de maisons ! Moi révéler vidéo pour dénoncer hypocrrrisie des médias !

JADE : N'exagérons rien. En tout cas j'espère que vous n'avez pas d'autres vidéos sur les animateurs de RTL...

PIOTR : Da. J'ai vidéo Christine Brrravo et Jean-Jacques Perrroni boire gel hydroalcoolique de Laurent Ruquier en cachette.

JADE : Et ben... En tout cas vous ne risquez pas d'avoir une vidéo sur Stéphane Bern, il présente *À la bonne heure* depuis chez lui...

PIOTR : Da, j'ai aussi vidéo Stéphane Berrrn filmé juste avant son départ par caméra cachée, voler 25 rrrouleaux de PQ dans toilettes RTL. Je bientôt rrrévéler !

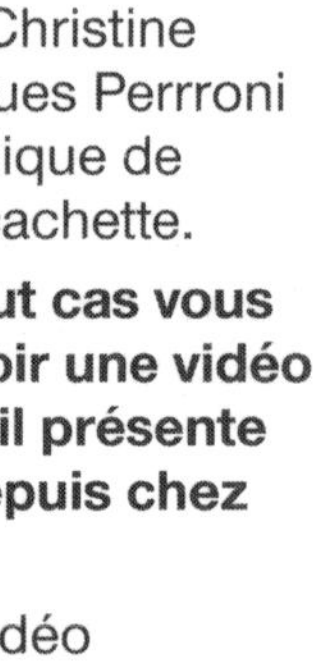

La question de **Pascal Praud**

PRAUD : Avant, quand on faisait un prout, on toussait pour en masquer le bruit. Mais en raison du coronavirus, c'est tousser qui est devenu impopulaire. Va-t-on se mettre à péter pour masquer ses quintes de toux ? Je pose la question au 3210.

BRIGITTE ET EMMANUEL MACRON

Ça craque à l'Élysée...

JADE : La France entre dans sa troisième semaine de confinement. Voyons comment le président de la République gère l'angoisse des Français depuis la cellule de crise de l'Élysée.

BRIGITTE : Emmanuel, je n'en peux plus de ce confinement, il faut que tu fasses quelque chose !

MACRON : Mais euuuh... Appelle Didier Raoult, il va te prescrire du Xanax.

BRIGITTE : Ce n'est pas de ça que j'ai besoin ! C'est le printemps, et j'ai envie de me promener dans les bois pour entendre les oiseaux. OK Goglé, fais-moi écouter le cuicui des oiseaux.

@ OK BRIGITTE, VOICI LE KIKI DE GRIVEAUX.

BRIGITTE : Ah mais non enfin, ça va pas recommencer ! Ce n'est pas cet oiseau-là que je voulais voir !

☎ *Driiing !*

BRIGITTE : Et allez, encore ce maudit téléphone... Cellule de crise des Macron, bonjour ?

PAVLENSKI : Bonjour, c'est Piotr Pavlenski. J'ai vidéo de mon voisin prrromener à plus d'un kilomètre de chez lui. Vous intéressée ?

BRIGITTE : Et allez, la délation, maintenant... Bravo les Français !

PAVLENSKI : Je pas français, je rrrusse.

BRIGITTE : Et ben retournez en Russie et arrêtez de nous enquiquiner !

☎ *Driiing !*

BRIGITTE : Oh mais c'est pas vrai ! Résidence des Macron, bonjour ?

LINE RENAUD : Allô Brigitte, c'est Line Renaud ! Je reviens des commissions, et ils n'avaient plus de café Mokarex. Le rayon a été dévalisé à cause du confinement. Qu'est-ce que je vais boire au petit déjeuner ?

BRIGITTE : Mais non Line, c'est juste que la marque Mokarex n'existe plus depuis 1972. Faites comme moi, buvez de la Ricoré !

LINE RENAUD : ♫ *Le soleil vient de se lever...* ♫

BRIGITTE : ♫ *Il va bientôt arriver...* ♫

LINE RENAUD : ♫ *L'ami du petit déjeuner...* ♫

BRIGITTE : ♫ *L'ami Ricoré !* ♫

AVRIL

LES REMÈDES DU PROFESSEUR RAOULT

LA PERSPECTIVE DU DÉCONFINEMENT

LES SOUPÇONS SUR L'ORIGINE DU COVID

LES CHANSONS DE PATRICK SÉBASTIEN

LES FABLES DE FABRICE LUCHINI

... ET LES QUESTIONS DE PASCAL PRAUD

MICHEL CHEVALET

Adosymptomatiques

JADE : Le journal *Le Point* a recueilli le témoignage de parents qui vivent mal le confinement avec leurs adolescents, qui, contrairement à d'habitude, restent à la maison toute la journée. Voyons cela avec notre expert Michel Chevalet.

CHEVALET : L'hygiène de l'adolescent, comment ça marche ? D'habitude, l'adolescent ne prend une douche que quand il pleut. Avec le confinement, vu qu'il ne sort plus, il ne se lave plus... Et quand vous lui faites la remarque que même les mouches n'entrent plus dans sa chambre, il vous répond ce que Greta Thunberg lui a dit sur YouTube : la nature a repris ses droits.

JADE : C'est écœurant, non ?

CHEVALET : L'alimentation d'un adolescent, comment ça marche ? Eh bien, c'est très simple, ça tient en deux mots : Miel Pops.

JADE : Et l'humeur de l'adolescent ?

CHEVALET : Hors confinement, l'humeur de l'adolescent est exécrable. Il déclare que vous êtes tous des cons et que la société c'est de la merde. En période de confinement, il déclare que vous êtes tous des cons, que la société c'est de la merde et qu'il se suicidera dès qu'il aura fini son bol de Miel Pops.

JADE : En fait, il n'y a rien qui change !

CHEVALET : La démonstration est faite : coronavirus ou pas, un adolescent reste une grosse moule de mauvaise humeur qui sent mauvais et qui se bousille les yeux devant son ordinateur. Voilà pourquoi on dit que les ados sont globalement immunisés au Covid-19.

JEAN-PIERRE PERNAUT

En direct de nos régions

JADE : Bien que confiné chez lui, notre ami Jean-Pierre Pernaut veille toujours à la bonne marche du journal de 13 heures sur TF1 dans lequel il intervient en visioconférence.

PERNAUT : Eh oui, ma petite Jade, il faut rester bon pied bon œil et fidèle au poste, car même en ces temps de confinement l'actualité continue dans nos régions, ces régions qui ont pris l'épidémie à bras-le-corps. À La Rhinite-sur-Allier, par exemple, dans le Bourbonnais humide, le village le plus enrhumé de France, et bien quand son coude est plein, il est permis d'éternuer sous son aisselle. Et puis n'oublions pas nos petits bistrots partout en France, ces bars-tabac-maisons de la presse que nous aimons tant, où une grosse partie de la population de nos villages s'est confinée et attend la fin du confinement dans la bonne humeur en grattant des Tac-O-Tac.

JADE : Attention tout de même. La prévention avant tout, n'est-ce pas, Jean-Pierre ?

PERNAUT : Eh oui, ma p'tite Jade, des mesures de prévention qui se renforcent dans nos régions avec l'arrivée des citadins venus se réfugier à la campagne. On prend la route de Quesqui-foncheznous, un petit bourg du Gâtinais marneux, où les habitants ont adopté de nouveaux gestes barrière. Quand des citadins s'approchent d'une ferme pour acheter des patates ou des œufs, eh bien on leur envoie le bouc pour les aider à maintenir les distances de sécurité.

JADE : Merci Jean-Pierre pour ces exemples de confinement dans nos belles régions.

PERNAUT : Mais vous le savez désormais, ma p'tite Jade, il ne serait pas possible de terminer notre tour de France de l'épidémie sans un détour par...

JADE : La Fistinière ?

PERNAUT : Eh oui, la Fistinière, dans la vallée du sif, un petit hameau frappé lui aussi de plein fouet par la crise du coronavirus et où le maire sans opinion, Jacky Chiasson, a dû prendre des mesures drastiques en instaurant un couvre-fion. Une mesure difficile à mettre en œuvre, car ici aussi on manque de matériel et il faut boucher les trous avec les moyens du bord.

JADE : Merci Jean-Pierre.

PERNAUT : Mais heureusement, la solidarité s'organise avec tous les soirs des habitants qui font des concerts de trompette et de grosse caisse sur leur balcon.

PATRICK SÉBASTIEN

Le doigt dans le confinement

SÉBASTIEN : Saaaalut !

JADE : Tiens, bonjour Patrick Sébastien !

SÉBASTIEN : Ouais, et tu vas voir, je suis vraiment pas venu pour rien ce matin ; je suis venu avec un gros paquet. Et je vais le déballer pour toi et tous les auditeurs de RTL en exclusivité.

JADE : Eh bien allez-y, déballez, déballez, Patrick...

SÉBASTIEN : Tu sais, nous autres les saltimbanques et les troubadours, tout ce qu'on peut offrir dans ces moments difficiles, c'est du bonheur et de la détente. Et moi, comme disait mon pote Brassens, tout ce que j'ai à offrir : « C'est une petite chanson modeste mais qui peut peut-être, je l'espère du moins, apporter un peu de bonheur aux confinés... Papoum, papoum... »

JADE : Ah, c'est donc une chanson que vous nous avez préparée. Mais vous savez sans doute que vous n'êtes pas le seul à y avoir pensé, Patrick. Jean-Jacques Goldman, Florent Pagny, Calogero... et bien d'autres ont chanté pour les confinés.

SÉBASTIEN : Attends, attends, tu m'fais pas confiance ? Moi, ma chanson, elle est vraiment faite pour donner du bonheur à tous les gens sur les balcons. Et d'ailleurs, en ce moment, c'est super, y a du monde au balcon ! Ah, ah ! Non mais tu vois, c'est plus fort que moi, j'déconne mais c'est une de mes plus belles chansons mais que j'ai entièrement réécrite spécialement pour les confinés. Et je voudrais que tout le monde la chante ensemble le soir vers 19 heures sur son balcon.

JADE : Ah, on a vraiment hâte d'entendre ça !

SÉBASTIEN : Tu vas voir, c'est une chanson qui a l'air légère comme ça, avec une mélodie entraînante, mais souvent les p'tites chansons font les grandes sagesses. Je l'ai intitulée : *Le Doigt dans l'confinement*. C'est partiiiii !

C'est le confinement
Y a un grave malaise ambiant
Mais même confinés
On va quand même s'amuser (on va s'amuser !)
On va faire la fête
Dans les apparts, dans les studettes
N'allez pas dans la rue
Mettez-vous un doigt dans l'cul !

C'est le confinement
Mais soyons tous bienveillants
Être confinés
Ça veut dire aussi partager (le partage, putain !)
Allez, en voiture
On prend sa température
Pour l'coronavirus
On s'met un doigt dans l'anus !

On est confinés
Va bien falloir s'occuper
Turlutte et levrette
Dans ton pieu ce s'ra la fête (c'est la fête !)
Mais en bons copains
N'oublions pas les voisins
On va sur le balcon
Et on s'met tous un doigt dans l'fion !

C'est que d'l'amour !

VALÉRY GISCARD D'ESTAING

COVID-GRENIER

JADE : L'initiative de la mairie de Paris qui consiste à faire appeler des personnes âgées isolées ne fait pas que des heureux. Nous avons en ligne l'ancien président de la République Valéry Giscard d'Estaing. Vous nous entendez, monsieur Giscard d'Estaing ?

VGE : Allô ? Qui est à l'appareil ? J'espère que ce n'est pas encore une actrice ou un comique qui me dérange pendant mon film de l'après-midi… J't'en foutrais, moi, des artistes solidaires !

JADE : Non, non, rassurez-vous, c'est Jade de RTL. En tout cas, vous gardez bon pied bon œil. Quel est votre secret pour vous protéger de l'épidémie ?

VGE : C'est très simple. Tout d'abord, j'envoie balader ceux qui me rabâchent de prendre soin de moi. J't'en foutrais, moi, des « prends soin de toi » ! Prends soin de toi toi-même !

Et je fais pareil avec ceux qui répètent qu'il y aura un « avant » et un « après » et qu'il faudra tirer les leçons de la crise ! Et je bloque aussi ceux qui nous emmerdent avec leur journal de confinement et leurs recettes de ratatouille !

JADE : Ah oui, ça en fait du monde, tout ça ! Mais, au fait, vous êtes donc sur les réseaux sociaux ?

VGE : Qu'est-ce que vous croyez ? Tous les matins, après mon café au lait et mes craquottes, je poste une chanson en vidéo pour tous les anciens qui en ont marre qu'on les confine. Vous voulez que je vous fasse écouter celle d'aujourd'hui ?

JADE : Euh… Je ne suis pas sûre qu'on ait le temps…

♫ *Musique d'accordéon*

VGE :

♫ *Manu Macron, Manu Macron,*
On lâche rien, on lâche rien,
On veut des masques, on veut des masques
Et puis du gel, et puis du gel !
Si tu n'veux pas, si tu n'veux pas
D'la chloroquine, d'la chloroquine,
On va la prendre, on va la prendre,
En officine, en officine ! ♫

JADE : Merci Valéry Giscard d'Estaing…

VGE : (refrain)

♫ *Je cherche des pâtes et du papier toilette*
Papier toilette
Et pour faire mon omelette,
Des œufs et une baguette ♫

JADE : Merci, bonne journée, monsieur Giscard d'Estaing !

VGE : ♫ *Ah Macron, Macron, Macron, roi des impôts, roi des couillons !* ♫

LAMBERT WILSON

Merci aux femmes

WILSON : Le coronavirus est...

JADE : Oui, oui, le coronavirus est une femme, on connaît le refrain.

WILSON : Mais nooooon, pas du tout ! J'allais dire au contraire que le coronavirus est un homme. Jamais une femme ne ferait du mal aux êtres humains, car la femme est pacifique, la femme est tendre, la femme est douce, the woman is sweet, die Frau ist ein knödell, la donna è una mozzarella di buffala.

JADE : C'est pas faux.

WILSON : Et la médecine est une feeeeemme, les infirmières sont des feeeemmes, héroïnes du quotidien qui sauvent des vies avec leur blouse, ze nurses have ze blues, las infermieras estan muy buenas y calientes !

JADE : Calmez-vous Lambert, vous vous emportez...

WILSON : C'est à cause du confinement. Je n'ai aucun festival à inaugurer, aucune marche à monter, alors pour vaincre la solitude, je chante sur mon balcon, I sing on my balcony, é qui comando io e questa è casa mia ! Nardine nomok, ti vas la fermer ta gueule ?

(il chante)

♫ *La solituuuude, ça n'existe paaaaaas...*
Elle court, elle court, la maladieeee d'amour... ♫

JADE : Eh bien voilà, vous qui aimez chanter, vous avez trouvé une occupation. Pourquoi vous ne chantez pas aussi sur Internet comme Patrick Bruel ?

WILSON : Ouiiii ! C'est une excellente idée. Je vais allumer ma webcam et chanter pour les femmmmes !

♫ *Feeeemmes je vous aiiiiiime... Feeeemmes... Je vous aiiiiime.* ♫

JADE : Bonne journée Lambert.

WILSON : ♫ *Femme, femme, femme, fais-nous voir le ciiiiiel... Femme, femme, femme, fais-nous du soleil...* ♫

JADE : Merci Lambert, au revoir !

EMMANUEL MACRON

L'ÉLYSÉE PARLE AUX CONFINÉS

JADE : Emmanuel Macron s'exprimera ce soir à la télévision. Partons tout de suite à l'Élysée pour voir comment il prépare ce discours très attendu par les Français.

Pan ! Pan ! Tac-tac-tac ! Baouum !

MACRON : Tiens ! Prends ça dans les dents !

BRIGITTE : Emmanuel ! Arrête de jouer aux jeux vidéo, tu as une intervention à préparer pour ce soir !

MACRON : Mais euuuuh, justement, je me mets dans mon rôle de chef de guerre !

BRIGITTE : Ça suffit ! Va plutôt relire ton discours, il est truffé de fautes de conjugaison !

☎ *Driiing !*

BRIGITTE : Et allez, encore ce maudit téléphone... Cellule de crise des Macron, j'écoute ?

RAOULT : Saluuuuuuuut !

BRIGITTE : Tiens ! Bonjour Patrick Sébastien ! Que me vaut l'honneur de votre appel ?

RAOULT : Mais non peuchère, c'est pas Patrick Sébastien, c'est Didier Raoult !

BRIGITTE : Oups, désolée ! Il faut dire que vous lui ressemblez beaucoup, même au téléphone...

RAOULT : Ouais je sais, je sais... Et puis on a beaucoup de points communs, lui et moi. Parce que tu vois, ma Brigitte, sous la blouse du médecin sérieux qui dirige un labo à l'Inserm, y a un humaniste bienveillant qui donne du bonheur aux gens.

BRIGITTE : Je n'en doute pas, monsieur Raoult, mais il faut que je vous laisse, je dois faire réviser son discours à Emmanuel.

RAOULT : Ah ben justement, c'est pour ça que j'appelle. Est-ce qu'il a prévu de parler de la chloroquine ? Parce que tu vois, la chloroquine, je la connais bien, et c'est une molécule incomprise par tous ces fadas de technocrates parisiens, et j'ai pas peur de le dire.

BRIGITTE : Et les scientifiques qui disent que vos études ne sont pas fiables, vous leur répondez quoi ?

RAOULT : Je leur réponds avec une chanson d'un monsieur que j'aime beaucoup et qui s'appelle Georges Brassens :
Et la chanson s'appelle *La Mauvaise Réputation* :
♫ *Papoum papoum papoum papoum*
Je ne fais pourtant de tort à personne
En donnant des drogues pour sauver les hommes
Mais les braves gens n'aiment pas que
L'on suive une autre route qu'eux. ♫

BRIGITTE : ♫ *Non, les braves gens n'aiment pas que*
L'on suive une autre route qu'eux. ♫

RAOULT : ♫ *Et pourtant, c'est que d'l'amour !* ♫

JEAN-PIERRE RAFFARIN

TRANSPARENCE À LA CHINOISE

JADE : Alors que les mesures de confinement viennent d'être prolongées en France, la Chine procède peu à peu à un retour à la normale. Peut-on s'inspirer du modèle chinois ? Nous sommes en ligne avec le représentant officiel de la France en Chine, Jean-Pierre Raffarin. Bonjour Jean-Pierre Raffarin, vous m'entendez ? Ni hao Jean-Pierre Raffarin, tchang shuong shung zé ?

RAFFARIN : Tout à fait, joyeuses Pâques à vous aussi ! Mais revenons à la situation sanitaire, je vous en prie, car nos amis chinois ont trouvé la solution pour diviser par 10 le nombre de victimes.

JADE : Ah bon, et comment font-ils ?

RAFFARIN : Ils divisent par 10 le nombre de victimes.

JADE : Ah oui, je vois ce que vous voulez dire : ils divisent par 10 le nombre de victimes déclarées.

RAFFARIN : C'est ça ! C'est redoutablement efficace contre l'épidémie et ça remonte le moral du peuple !

CÉLINE DION

CÉLINE : ♫ *Encore un choir, encore une heure...* ♫

JADE : Tiens ! Bonjour Céline Dion !

CÉLINE : J'en peux plus d'ce confinement, mamzelle Jade... ♫ *Encore un mois, encore un an...* ♫

JADE : Peut-être pas un an quand même...

CÉLINE : J'suis au bout du bigoudi là... Vu qu'j'peux plus aller chez Carita, j'suis obligée de m'faire mes racines toute seule. Pour m'faire mon blond doré, j'ai été obligée de siphonner la Rolls, j'y vais carrément à l'huile de vidange, c't'affreux !

JADE : Pourtant, sur les réseaux sociaux, vous êtes très active avec vos fans. Vous avez même organisé un bingo sur Twitter.

CÉLINE : Vois-tu où j'en suis rendue, ma pauv' Jadounette ? Organiser des bingos sur l'Web. Si ça continue comme ça, j'vais passer des shows à Vegas aux chiffres et aux lettres dans les Ehpad, c't'horrible !

JADE : Ça se passe si mal, ce confinement ?

CÉLINE : Le plus dur, c'est les enfants à la maison... Déjà qu'ils m'ont mis les seins en gants de toilette à force de tirer dessus pendant des années, mes jumeaux, Eddy et Nelson, ils continuent à m'pomper... Mais c'est l'air cette fois qu'ils m'pompent, c'maudits gamins !

JADE : Et votre aîné, René-Charles ?

CÉLINE : (*elle chouine*) C't'encore pire...

JADE : Racontez-nous, Céline, ça vous fera du bien...

CÉLINE : C'grande saucisse passe toutes ses journées enfermée dans sa chambre qui sent la chaussette de sport... Et t'sais comment c'est à c't'âge-là : y a d'la sève qui déborde de l'asperge ! Et vu qu'il peut plus aller fricoter avec ses copines du lycée, y s'pogne, y s'pogne toute la sainte journée ! C'est pas le coronavirus qu'il va contracter, c't'une tendinite au poignet, c't'affreux !

JADE : C'est de son âge...

CÉLINE : Et l'pire, c'est qu'avec la pénurie de papier toilette, j'suis obligée de laver les rideaux d'sa chambrée trois fois par jour ! ♫ *Encore un choir, encore une heure...* ♫

LES CHINETOKS

JADE : Selon le professeur Luc Montagnier, la Covid-19 aurait été fabriquée dans un laboratoire chinois à partir du virus du sida. Une hypothèse ahurissante qui nous a inspiré un épisode inédit des Shadoks sous le titre « Les Chinetoks ».

CLAUD PIÉPLU : Sur la planète Chinetok vivaient les chinetoks. Les Chinetoks pompaient, pompaient, mais en voulant pomper le HIV pour lancer leur propre sida chinetok, ils ont accidentellement créé le Covid-19, qui s'est échappé du laboratoire...

JADE : Mais comment a-t-il pu s'échapper ?

PIÉPLU : Sur la planète Chinetok vivait le pangolin. Le virus a donc sauté sur le dos d'un pangolin et a crié « Hue, pangolin ! ». Les Chinetoks ont alors actionné la pompe à pangolin pour l'attraper et ont pompé, pompé, pompé... Mais ça n'a pas marché. Et le virus s'est enfui sur la planète Gibi.

JADE : Rooooh... Mais qu'ont fait les Gibis ?

PIÉPLU : Sur la planète Gibi, on perce des trous. Alors les Gibis ont percé des trous pour chercher des masques et des tests... et sont tombés dedans !

La question de **Pascal Praud**

PRAUD : Avec le confinement, les Français ne font plus attention à leur look. Avec le déconfinement, va-t-on voir réapparaître le port du monosourcil dans les open-spaces ? Je pose la question au 3210.

JADE : Merci Pascal...

PRAUD : J'ai pas fini... Faut-il donner des peines de prison ferme pour les porteurs de pantacourt ? Je pose la question au 3210.

CONCERNANT LES MASQUES, JE SUIS EN MESURE DE VOUS DIRE QU'ILS SERONT DISPONIBLES PAR MILLIONS, POUR TOUS LES FRANÇAIS, DÈS LE 11 MAI !
OU PAS...

DÉCONFINEMENT : ON NE LÂCHE RIEN !

JADE : **Le Premier ministre Édouard Philippe a donc présenté hier le plan du gouvernement pour le déconfinement qui devrait débuter le 11 mai. Vous avez souhaité réagir, Philippe Martinez, en tant que premier secrétaire de la CGT.**

MARTINEZ : Bon ben que nous à la CGT qu'on a été attentifs à bien faire attention à qu'est-ce qu'il a annoncé, Philippe Édouard.

JADE : **Disons plutôt Édouard Philippe.**

MARTINEZ : Ouais ben entre nous, tout ça, c'est barbe blanche et blanche barbe, hein ! Parce qu'est-ce qu'il a dit m'sieur Édouard ? Il a dit comme quoi que si qu'on suivait pas les consignes, qu'on pourrait pas déconfiner le 11 mai. Alors nous autres, à la CGT, on appelle tout le monde à suivre les consignes.

JADE : **Ah, voilà un appel à la responsabilité qui honore votre organisation.**

MARTINEZ : Ben ouais parce que nous autres, c'qu'on dit, c'est qu'y faut qu'ça r'démarre pour qu'on puisse tout arrêter vu que si ça r'démarre pas, on peut pas tout stopper donc je sais pas si c'est clair... Vous comprenez ou j'recommence ?

JADE : **Très clair, merci monsieur Martinez.**

MARTINEZ : Bon alors rendez-vous le 12 mai pour l'arrêt du redémarrage !

BRIGITTE ET EMMANUEL MACRON

Déconfinement à l'Élysée

JADE : Alors qu'Édouard Philippe a annoncé hier que l'épidémie de coronavirus semble être en voie de stabilisation dans notre pays, à l'Élysée, Emmanuel Macron et son épouse Brigitte préparent déjà le déconfinement prévu pour le 11 mai.

Toc, toc, toc !

BRIGITTE : Qui c'est ?

MACRON : Brizitte, c'est moi, Emmanuel ! Ze peux entrer ?

BRIGITTE : Ah là là, je suis en train de faire ma gym en vidéo avec mes copines Line Renaud et Zizi Jeanmaire... Que veux-tu encore ?

MACRON : Ze trouve plus mon maillot de l'OM pour aller faire mon jogging...

BRIGITTE : Je l'ai mis au sale, il était tout taché de Fanta orange. Tu crois que je ne sais pas que tu vas boire des coups avec tes copains derrière le tas de bois de l'Élysée ?

MACRON : Ouah, c'est pas sympa, Brizitte. Z'ai plus rien à me mettre.

BRIGITTE : Tu n'as qu'à mettre le petit polo marron que je t'ai commandé chez Damart. Tiens, avec tout ce qu'a promis Édouard Philippe, ça me fait penser qu'il faut que je renouvelle ma garde-robe pour le déconfinement du 11... OK Goglé, trouve-moi un débardeur yéyé-cool.

@ D'ACCORD BRIGITTE, J'APPELLE LE PROFESSEUR DIDIER RAOULT. DI-BIDI-BIDI-BIIIP !

RAOULT : Saaalut peuchère !

BRIZITTE : Ah, bonjour professeur Raoult. Comment ça va les recherches à Marseille ?

RAOULT : Oh putain, tu sais, ma Bribri, ça me fait chaud sous la blouse que tu m'appelles, parce que depuis que j'ai tout balancé sur la chloroquine qui guérit tout, comme le sirop typhon-phon-phon, j'en ai pris plein la gueule. Comme disait mon pote Brassens *(il chante)* ♫ *Non, les braves gens n'aiment pas que l'on donne une autre drogue qu'eux... Papoum, papoum.* ♫

BRIZITTE : Bon, je vais vous laisser poursuivre vos travaux, professeur Raoult. Bonne continuation...

RAOULT : Poil à la prescription ! Attends, attends, ma Bribri, parce que j'ai pas tout dit sur le virus fabriqué en Chine. Moi et mon équipe, on a découvert que leur virus, aux Chinois, il aime pas l'ail. Hé, hé ! Et comme il craint aussi la nicotine et le pastis, je vais lancer un grand essai clinique sur des volontaires qui vont se soigner à l'apéritif marseillais : olives à l'ail, clope et pastaga ! C'est que d'l'hygiène !

BRIZITTE : Très bien, professeur Raoult. Je vais en parler au Président.

RAOULT : Poil aux patients ! Oh putain, j'l'adore, le Président qui est venu me voir dans mon plus grand labo du monde. Alors surtout, prenez soin de vous. *(il chante)* ♫ *Gare au virrruu-u-uus !* ♫

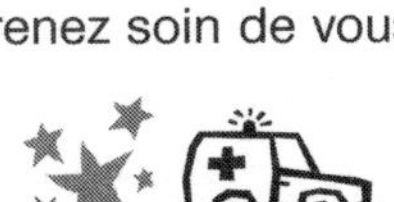

Le bobo confiné, sa femme et ses enfants

PAR FABRICE LUCHINI

Un bobo confiné dans son appartement
Enfermé par la force avec femme et enfants
Regardait BFM à heures régulières
Apprenant par Macron que l'on était en guerre

Sa femme, elle, en cuisine inventait des recettes
Usant du Thermomix pour faire une blanquette
Scotchés devant Gulli ses enfants s'ennuyaient
Tapaient des pieds, criaient et ça l'exaspérait

Lui, pour passer le temps, composant une chanson
Qu'il entonnait gaiement le soir sur son balcon
Puis il s'enregistrait sur son ordinateur
Pour partager son art avec quelque amateur

À 20 heures pétantes, son épouse, ses enfants
Applaudissaient en cœur le personnel soignant
Puis ils rentraient bien vite préparer l'apéro
Partagé en Facetime avec d'autres bobos

Ils auraient bien voulu relire Chateaubriand
Marcel Proust, La Fontaine et même Christine Orban
Mais ils étaient rivés tous sur leurs écrans
Recevant des fake news, des challenges affligeants

Ainsi allait la vie dans leur appartement
Rythmée par de Funès en plein confinement
Ils découvraient les joies de la vie en famille
Le papa, la maman, le garçon et la fille

Le soir en s'endormant, il rêvait liberté
Aller en trottinette dans les bistrots branchés
Mais comme toute la planète, il était confiné
Comme ses semblables sur un pied d'égalité

Le genre de société dont il avait rêvé
À tous ses proches, il pourra dire : j'y étais
Que ce soit entre amis ou au gouvernement
Les gens en parleront, n'en doutez nullement

LES JOLIS CONTES DE MC BATAARD

JADE : Depuis le début du confinement, les rappeurs français se succèdent sur Radio Nova pour lire des contes pour enfants. Hatik, Rockin' Squat, Rocé et Joey Starr se sont déjà prêtés à l'exercice avec succès. Bonjour MC Bataard...

MC BATAARD : Wesh madame RTL, z'y va, moi aussi j'veux lire des contes pour enfants à Radio Nova !

JADE : Ah bon, mais vous en connaissez ?

MC BATAARD : Ben ouais, pourquoi que j'en connaîtrais pas ? Comme quoi que je viens de la cité je sais pas lire ? M'insulte pas sur mon honneur, madame RTL !

JADE : Je ne voulais pas vous vexer, MC... Quels contes connaissez-vous ?

MC BATAARD : Ben par exemple je me souviens que quand j'avais 17 ans, au CE1, la maîtresse elle nous avait appris les contes à Vincent Perrot.

JADE : Ce n'était pas plutôt les contes de Charles Perrault ?

MC BATAARD : Z'y va c'est pareil, m'embrouille pas la teuté !

JADE : Ah ben non. Vincent Perrot, c'est un animateur de RTL, et Charles Perrault, c'est l'auteur des *Contes de ma mère l'Oye*.

MC BATAARD : Ah l'bouffon, sa mère c'est une oie ! Putain ça fout trop la honte ! Mais c'est pas grave, je suis motivé pour allez foutre la merde à Radio Nova, même que j'ai déjà choisi lequel conte que je vais leur faire la lecture aux enfants. Ça raconte l'histoire d'une meuf qui dort pendant cent ans en attendant que quelqu'un il vient la réveiller.

JADE : Ah oui, *La Belle au bois dormant !* Qui sort finalement de son sommeil grâce à un baiser du prince charmant...

MC BATAARD : Oui sauf que moi j'en ai fait une version remixée qu'elle s'appelle *La belle à Bois-d'Arcy*. Et dans mon remix, la meuf elle dort dans une cave, le prince charmant il arrive, et il se fait dépouiller par les lascars de la téci. Du coup le prince charmant il retourne chez lui, et les lascars ils font une tournante dans la cave avec la belle à Bois-d'Arcy.

JADE : Ça a l'air bien.

MC BATAARD : Grave ! Ça va être chan-mé ! Du coup je suis vachement inspirationné, et si ça marche, après *La belle à Bois-d'Arcy*, je leur ferai *Le Petit Chaperon de Montrouge*.

JEAN-PIERRE PERNAUT

Annulations dans nos régions

JADE : La pandémie de Covid-19 a entraîné l'annulation de tous les festivals prévus cet été. On en parle avec Jean-Pierre Pernaut, bonjour Jean-Pierre.

PERNAUT : Eh oui ma petite Jade, comme le dit un célèbre proverbe berrichon, « Quand les Chinois bouffent du pangolin, les intermittents sont dans le pétrin ». Une véritable catastrophe pour le monde du spectacle, car ce ne sont pas seulement les grands festivals institutionnels qui sont touchés, mais aussi les petits festivals moins connus de nos régions.

JADE : Ah oui par exemple ?

PERNAUT : Eh bien par exemple, on parle souvent du Festival des Vieilles Charrues, mais plus rarement du Festival des Vieilles Morues...

JADE : Non en effet, de quoi s'agit-il ?

PERNAUT : Il s'agit d'un concours de beauté organisé tous les ans au mois de juillet par la ville de Matunpeu-les-Boudins, qui donne à l'élection de miss Cageot, qui n'aura malheureusement pas lieu cette année à cause du coronavirus, et Josiane Pougnard, la miss Cageot 2019, ne pourra donc pas remettre son titre en jeu.

JADE : En effet c'est dommage...

PERNAUT : Je ne vous le fais pas dire, et ce n'est pas le seul festival à être touché, puisqu'on déplore aussi l'annulation des Franco-sosies de La Rochelle.

JADE : Vous voulez dire des Francofolies de La Rochelle...

PERNAUT : Non non, j'ai bien dit des Franco-sosies, un festival organisé en off des Francofolies et qui réserve sa scène aux sosies de nos plus grands chanteurs. Une annulation qui devrait malheureusement impacter Jean-Baptiste Guégan, sosie officiel de Johnny Hallyday, dont c'était la seule date prévue cet été, en première partie de François Claude, le sosie officiel de Claude François en région Poitou-Charentes.

JADE : Mauvaise nouvelle pour le monde de la chanson...

PERNAUT : En effet, et le monde du cinéma est également touché, puisque Monique Ranou vient d'annoncer l'annulation du Festival de couenne, le fameux festival du film charcutier qui devait être présidé cette année par Léa Saindoux. Il faudra donc attendre un an pour découvrir le nouveau film de Roman Porc-en-Slip avec Sophie Morteau, Marion Sauciflard et Jean Duboudin... Un film Pathé, bien entendu.

JADE : Bon, eh bien merci Jean-Pierre...

PERNAUT : Attendez ma petite Jade, car notre petit tour des festivals annulés ne serait pas complet sans un détour par la Fistinière, où le maire divers droite apparenté Robert Ménard, Jacky Chiasson, a annoncé, la mort dans l'âme, l'annulation du Hellfist, une variante du Hellfest consacrée au...

JADE : Merci Jean-Pierre, je crois qu'on a compris le principe !

3615 QUI N'EN VEUT DU CONFINEMENT

MOREL : 3615 code Qui-n'en-veut-du-confinement avec aujourd'hui mon gars Bruno Lochet... Comment t'appelles-tu, mon Bruno ?

LOCHET : Ben Bruno Lochet.

MOREL : Voilà... Alors mon Bruno, comment ça se passe ce confinement et particulièrement avec ton épouse, qui, on le sait, n'est pas toujours commode... Elle n'est pas commode, Mme Lochet... D'autant qu'elle est féminisse !

LOCHET : Ah ben moi je suis ravi, hein... Si y avait pas de rixe pour la santé, moi j'irais jusqu'à embrasser un pangolin sur la bouche tellement que ce confinement ça se passe bien avec ma femme...

MOREL : Oh oh ! Alors là, tu m'épates, mon Bruno... Et comment que ça se fait que ton confinement avec Mme Lochet soille aussi... comme qui dirait... idyllique !

LOCHET : Ben ça doit être l'amour... Depuis le début du confinement, ma femme passe un tiers de sa journée à faire la cuisine, alors moi je mange des bons petits plats... Le deuxième tiers à faire le ménage : l'autre jour je l'ai surprise à nettoyer les plinthes au Coton-Tige... Et le dernier tiers à repasser mes chemises, j'ai jamais été aussi propre sur moi !

MOREL : Ah ah ! Mais dis-moi, où est passé son féminisse à Mme Lochet ?

LOCHET : Ben j'le vois plus, son féminisse... Je sais pas si c'est un effet secondaire du corona-machin, mais si c'est ça, je suis pas impatient qu'ils trouvent un vaccin. À la télé, y disent que dehors la nature a repris ses droits... Ben j'ai l'impression qu'à la maison, c'est pareil ! Et puis elle fait même la couture ! Elle qui savait pas faire un ourlet, elle a déjà cousu 123 masques avec mes vieilles chaussettes !

MOREL : Ah mais je t'arrête, mon Bruno ! En ces temps troublés, c'est à toi d'être feminisse et de ne pas laisser Mme Lochet faire tout le boulot à la maison !

LOCHET : Bah j'veux bien mais dès que j'approche du fourneau, du placard à balais ou de la machine à coudre, elle me crie : « Fous-moi le camp, abruti ! » Du coup, je vais me confiner dans ma chambre devant mes feuilletons avec une bière que je décapsule moi-même... C'est mon geste solidaire, ça : décapsuler ma bière !

MOREL : ♫ *Qu'as-tu mis dans ton panier*
Du féminisse, du féminisse
Qu'as-tu mis dans ton panier
Du féminisse au temps du Coviiiiiiid ♫

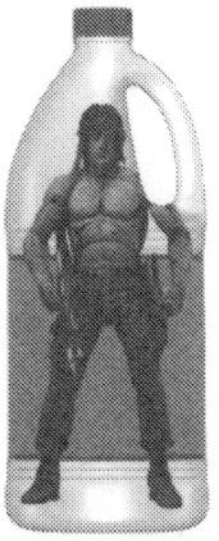

DÉSINFECTANT MADE IN USA

JADE : Les recettes de Donald Trump pour éradiquer le virus consternent le monde entier. Il a proposé d'injecter dans le corps des patients des désinfectants de type eau de javel et des rayons UV. Pendant ce temps-là, à l'Élysée, on prépare activement le déconfinement...

Tacatacatacatac !

MACRON : C'est quoi ce raffut, Brizitte ?! Z'arrive pas à me concentrer sur mon plan de déconfinement !

Tacatacatacatac !

BRIGITTE : Figure-toi mon petit bonhomme que pendant que tu pédales dans la semoule, je sauve la France. Avec ma machine à coudre, j'ai déjà fabriqué 150 masques. Encore 60 millions et c'est bon !

☎ *Driiing !*

BRIGITTE : Et allez, quand c'est pas le gamin qui me dérange, c'est le téléphone ! Atelier de confection des Macron, j'écoute !

RAMBO : C'est John Rambo, le conseiller militaire et médical à Donald Trump !

BRIGITTE : Bonjour monsieur Rambo... Excusez-moi, mais je dois sauver la France, j'ai encore 60 millions de masques à coudre !

RAMBO : Justement, Bri-Bri je t'appelle pour ça. Laisse tomber ta Singer ! Donald, il a trouvé le remède miracle contre le corona-machin : faut se mettre des ampoules à l'eau de javel dans l'cul !

BRIGITTE : Vous êtes gentil, mais moi, l'eau de javel, je m'en sers pour nettoyer ma baignoire à porte.

RAMBO : Eh ben si ça marche pour une baignoire à porte, ça marchera pour tous ceux qui ont mangé des burgers au pangolin !

BRIGITTE : Vous mélangez tout, monsieur Rambo. Je crois que votre Donald, c'est le docteur Maboul !

RAMBO : Et n'oublie pas les rayons UV aussi. La preuve : Donald, il a la couleur d'une carotte et il pète le feu !

HUBERT REEVES

C'EST POUR LA SCIENCE !

JADE : En ces temps de confinement, les scientifiques recherchent des volontaires pour participer à des recherches sans quitter son canapé. De quoi s'agit-il exactement ? Pour le savoir, interrogeons l'immense vulgarisateur Hubert Reeves.

REEVES : En tant qu'astrophysicien spécialiste des voyages interstellaires, j'sais qu'le seul voyage que trois milliards d'humains peuvent faire ces temps-ci, c'est de passer du salon à la cuisine et d'la cuisine au salon... et encore pour ceux qu'ont pas d'cuisine américaine.

JADE : **Que proposez-vous alors aux confinés ?**

REEVES : C'que j'propose c'est que plutôt que d'regarder le téléshopping en sachant très bien qu'on pourra pas commander le balai à vapeur et les claquettes amincissantes, faut r'garder l'ciel pour découvrir l'zoo galactique.

JADE : **Qu'est-ce que c'est que ça ?**

REEVES : Vous repérez les constellations qui forment des galaxies. Et si vous trouvez une galaxie qui ressemble à un pangolin ou une chauve-souris, même pas besoin d'être à un mètre de distance, vu que vous êtes à des milliards de milliards de kilomètres. Et vu qu'il y a des milliards de milliards de milliards d'étoiles, ça peut vous occuper jusqu'au printemps 3047.

JADE : **D'autres initiatives de ce genre ?**

REEVES : Bien sûr... Ma consœur Heather Lynch d'l'université d'New York propose qu'vous passiez au peigne fin les images satellitaires du Grand Nord afin d'y repérer les guanos de pingouins.

JADE : **Quoi ?**

REEVES : C't'authentique ! Plus y a de crottes d'volatiles, plus y a de d'colonies de pingouins. Et puis si vous avez pas d'imprimante pour avoir les images satellites, vous vous mettez sur vot'balcon et après avoir applaudi les milliards de milliards de personnels soignants qui sont dans un trou noir, vous comptez les cacas de pigeons sur la voiture du voisin qu'a plus bougé d'sa place de parking depuis trois semaines.

JADE : **Je ne suis pas sûr que ça fasse avancer la science, mais pourquoi pas...**

REEVES : Et si vous en avez marre de compter les fientes, z'avez qu'à compter les rats sous vos fenêtres, constatant ainsi qu'y a encore plus efficace qu'Anne Hidalgo pour qu'la nature reprenne ses droits : y a le Covid-19 !

MAI

LES REMÈDES DU PROFESSEUR RAOULT

LA FRANCE EN ROUGE ET VERT

LE DÉCONFINEMENT

LA CRISE À VENIR

LES AVENTURES DES SINOKS

... ET LES QUESTIONS DE PASCAL PRAUD

LES BONS CONSEILS DU Pr RAOULT

JADE : Après ses interviews remarquées à *Paris Match* et à BFMTV la semaine dernière, Didier Raoult (qui nous fait tant penser à Patrick Sébastien) continue sa croisade médiatique. Il est avec nous ce matin, bonjour professeur.

RAOULT : Saluuuuuut ! Peuchère !

JADE : Pourquoi prenez-vous autant la parole dans les médias ?

RAOULT : Parce que sous la blouse blanche du docteur, y a un philosophe humaniste qui donne du bonheur aux gens. Et les gens, faut arrêter de leur faire peur inutilement. Parce que tu vois ma Jade, l'épidémie, elle est comme ton poncho : elle est saisonnière.

JADE : C'est-à-dire ?

RAOULT : Ton poncho, l'hiver tu l'as tout le temps sur le dos, mais quand l'été arrive, il disparaît. Ben le coronavirus, c'est pareil.

JADE : Je vois. Donc selon vous je pourrai partir en vacances cet été ?

RAOULT : Bien sûr ! N'écoute pas les fadas de technocrates parisiens, dans un mois, ton poncho, il sera dans ton placard, et toi tu seras en maillot de bain sur la plage du Prado en train de siroter ton pastaga en faisant les mots fléchés de *La Provence*.

JADE : Euh... j'avais plutôt prévu un stage de méditation dans les Cévennes...

RAOULT : Poil à l'ilbuprofen ! Mais c'est pareil, t'inquiète pas, tu pourras y aller dans les Cévennes. Et au pire, si tu as un peu de fièvre, ben tu prends un comprimé de...

♫ *Chloroquine, c'est ma combine*
Chloroquine, c'est ta copine
Écoute-moi, j'suis un gourou
Plus efficace qu'un marabout
Chloroquine, ça guérit tout ♫

cavete, consules, quod tarpeia rupes proxima est capitolio
MA RECETTE CONTRE LE CORONAVIRUS, PEUCHÈRE ? TU PRENDS UNE BELLE CHLOROQUINE, TU AJOUTES DEUX TROIS OLIVES, UN FOND DE PASTIS ET UNE POINTE D'AÏOLI, ET ZOU ! ÇA PASSE TOUT SEUL, FAN DE CHICHOURLE !

LES SINOKS

JADE : Retrouvons un nouvel épisode de notre série expérimentale, *Les Sinoks*, racontée comme toujours par l'inoubliable Claude Piéplu. L'épisode du jour s'intitule : « S'il n'y a pas de solution, c'est qu'il n'y a pas de problème. »

PIÉPLU : En ce temps-là, sur la Planète des Sinoks, après des mois d'épidémie passés à l'intérieur, les Sinoks décidèrent de sortir prendre un peu l'air.
Le Grand Sinok, président des Sinoks, demanda à son Premier ministre, le Sinok bicolore, d'organiser la sortie des Sinoks. Celui-ci fit de savants calculs puis décida que la planète Sinok serait divisée en deux catégories : les Sinoks verts et les Sinoks rouges. Les Sinoks verts pourraient pomper normalement, tandis que les Sinoks rouges devraient continuer de télépomper depuis chez eux.
Mais, comme toujours sur la planète des Sinoks, rien n'était simple. Car les Sinoks rouges étaient verts de ne pas pouvoir pomper tandis que les Sinoks verts voyaient rouge à l'idée de recommencer à pomper. Alors, pour calmer tout le monde, le Sinok bicolore inventa les Sinoks orange.
Mais que faire des enfants des Sinoks pendant que les Sinoks pompaient ? Le Sinok bicolore demanda alors à la Sinok Sibeth d'expliquer la politique scolaire du gouvernement, mais comme personne n'y comprit rien, on en conclut que s'il n'y avait pas de solution, c'est probablement qu'il n'y avait pas de problème.

Pendant ce temps, les Gibis de l'étranger se demandaient s'ils pourraient passer leurs vacances chez les Sinoks. Le Sinok de la santé annonça que ce ne serait pas possible, mais le président des Sinoks démentit aussitôt en décidant que les Gibis pourraient venir chez les Sinoks mais que les Sinoks ne pourraient pas aller chez les Gibis. Et on en resta là jusqu'au prochain changement.
Moralité : plus ça rate, plus on a de chances que ça finisse par marcher.
C'est tout pour aujourd'hui !

PIERRE BELLEMARE

TÉLÉACHAT CONFINÉ

JADE : Pour venir en aide financière aux hôpitaux et aux soignants, de nombreuses ventes aux enchères d'objets appartenant à des personnalités sont organisées sur le Net. Des ventes qu'aurait sans doute adoré animer notre ami, le regretté Pierre Bellemare.

BELLEMARE : Chers amis téléacheteurs, chères amies téléacheteuses, bonjour ! Et bonjour Maryse. Vous êtes très en beauté aujourd'hui. Néanmoins que faites-vous ma chère Maryse avec une serpillère sur la tête ?

MARYSE : Merci Pierre. Ce n'est pas une serpillère, ce sont mes cheveux. J'attends avec impatience la réouverture de mon coiffeur. Dites-moi, Pierre, quel est le programme du jour ?

BELLEMARE : Eh bien ma chère Maryse, pour venir en aide au personnel soignant, un téléachat spécial objets de stars.

MARYSE : Cette vitrine est alléchante, Pierre.

BELLEMARE : Je ne vous le fais pas dire, ma chère Maryse ! Commençons avec ce magnifique objet !

MARYSE : Qu'est-ce donc, Pierre ? On dirait un doggy bag...

BELLEMARE : Vous brûlez, ma chère Maryse ! Cet objet a appartenu à la plus grande star de la chanson française... Patrick Bruel ! Il s'agit d'un slip en papier de chez Thaï Massage en parfait état... Il faut dire qu'il a été très peu porté ! Alors faites monter les enchères pour nos amis soignants.

MARYSE : Je suis sûre que nos téléacheteuses vont se précipiter. Et ce panier, il est aussi à vendre, Pierre ?

BELLEMARE : L'important, ma chère Maryse, n'est pas le contenant mais le contenu...

MARYSE : Oh ! Des champignons !

BELLEMARE : Ces magnifiques champignons ont été récoltés dans les bottes de Francis Lalanne ! Des champignons vieillis en cuissardes pendant des années. C'est idéal pour faire une bonne omelette !

MARYSE : Mmmm, j'en salive d'avance...

BELLEMARE : Vous êtes gourmande, ma chère Maryse ! Et voici maintenant le clou de ce téléachat objets de stars... Un filet garni géant dans lequel on trouve :

— Le dictionnaire des rimes de Grand Corps Malade ;

— Une boîte vide d'antidépresseurs de Michel Houellebecq ;

— Le slip kangourou de Christine and the Queens ;

— Un Bescherelle encore sous blister de Booba offert avec le tuyau d'aspirateur dans lequel il chante ;

— Le scénario d'*Alad'2* dédicacé par Kev Adams (pour cet article, les frais de port sont offerts vu que tout tient sur un Post-it) ;

— Et enfin, un must, un jambon de Bigorre entamé par Yves Calvi.

Le tout... tenez-vous bien Maryse... pour une mise à prix à... 595 francs !

GUY LUX/LÉON ZITRONE

INTERVILLES ROUGES ET VERTES

JADE : Le déconfinement s'opérera, vous le savez, en fonction de la couleur de votre région. Beaucoup plus restrictif dans les régions rouges que dans les régions vertes. Imaginons comment les regrettés Guy Lux et Léon Zitrone auraient animé cet *Intervilles* d'un genre nouveau.

LUX : Eh bien chers amis bonsoir et bienvenue dans cet *Intervilles* du déconfinement, avec une affiche, mesdames, qui va vous remuer le bigoudi et, messieurs, qui va vous faire battre le cœur très fort sous le tricot de peau...

Ce soir, vont s'affronter la ville de Dax qui est en vert... On salue d'ailleurs l'union des commerçants dacquois, qui pour un masque acheté vous offre une salade landaise... même si c'est pas évident de becter des gésiers avec ces machins-là sur la menteuse.

La ville de Dax, donc, en vert, opposée ce soir à la ville de Saint-Amand-les-Eaux, en rouge... Alors dans Saint-Amand, il y a « amant », et ça me fait penser à ma femme... Paulette, si tu peux t'éloigner du Telefunken, ça m'arrange, j'ai deux mots à dire à ma secrétaire Christine... Cricri, avec ce confinement, on n'a pas pu se voir, mais crois-moi, dès le 11 mai, on se retrouve pour travailler les dossiers, alors fais-toi une jolie petite mise en plis et renforce les tringles, tu vas grimper au rideau, c'est moi qui te le dis. Saint-Amand-les-Eaux, donc, où on retrouve en duplex et en mondiovision quatre couleurs notre ami Léon Zétrone ! Léon, c'est à vous mais ne postillonnez pas trop fort, avec le virus aéroporté, vous risquez de faire passer Saint-Amand de rouge à rouge vif...

ZITRONE : Guy ! Guy ! Protestation de l'équipe de Saint-Amand, qui ne peut décemment pas participer à l'épreuve du bras de fer en raison du règlement sur la distanciation sociale ! Nous demandons donc l'annulation de l'épreuve ! Ce règlement est inique, Guy !

LUX : Oui ben Guy, y niquera quand y pourra ! Chers amis téléspectateurs, je suis désolé, mais si les concurrents n'ont pas été mis au courant du règlement, c'est de la faute à Léon, c'est pas de la faute au règlement !
Allez, on retrouve Simone Garnier, qui est très en beauté ce soir, on remercie d'ailleurs le salon Denise Coiffure, qui vient de rouvrir et qui a pu s'occuper de la coupe de Simone, je peux vous dire que ça chauffait sous le casque... C'est à vous Simone.

SIMONE : C'est l'heure de l'épreuve tant attendue des vachettes, mon cher Guy !

LUX : Ça a un peu trop chauffé sous le casque, vous êtes à la masse, ma chère Simone. *Intervilles* s'est adapté à l'actualité, c'est pas des vachettes qu'on va lâcher sur les candidats, c'est des pangolins, je peux vous dire que ça va charcler ! Allez top au pangolin !

ZITRONE : Guy ! Guy ! Un candidat coursé par un pangolin pékinois vient de me bousculer ! Il a cassé mes lunettes ! Je ne vous vois plus, je ne vous entends plus !

LUX : On n'a pas fini de se marrer avec ce déconfinement en couleur ! La semaine prochaine, on se retrouve pour un top à l'*Eurovision* du ring parade des artistes qui nous font chier dans leur salon avec leurs chansons qui donnent mal à la tête. À vous Cognac-Jay, à moi les cachets !

BRIGITTE ET EMMANUEL MACRON

Des confinés et des cons finis

JADE : Le déconfinement commence officiellement aujourd'hui, 11 mai. Voyons comment tout cela s'organise à l'Élysée.

MACRON : *(il récite)* Deux fois deux quatre... Quatre fois quatre seize...

BRIGITTE : Emmanuel ! Que fais-tu ? Tu comptes le nombre de tests qu'il nous manque ?

MACRON : Non Brizitte, ze fais mon cahier de vacances. Parce que ze l'ai dit : l'été apprenant, C'EST NOTRE PROZET !!!

BRIGITTE : Ne crie pas comme ça, tu vas réveiller Christophe Castaner ! Ce n'est pas encore l'été apprenant, c'est la rentrée des classes. Alors tu avales ton Benco, tu t'habilles, je t'ai préparé ton cartable, j'ai mis des BN pour le goûter !

MACRON : Mais euh Brizitte ! Ze suis pas à l'école primaire, ze suis PRÉSIDENT DE LA RÉPUBLIQUE !!!

BRIGITTE : Vu comment tu as géré les masques, ça ne te fera pas de mal de retourner à la communale !

☎ *Driiing !*

BRIGITTE : Et allez ! À chaque fois que j'essaie de sauver la France, c'est la même chose, on vient me déranger... Quartier général des Macron, j'écoute !

HOLLANDE : Bonjour, euh, Mireille Darc, c'est François Hollande à l'appareil.

BRIGITTE : Je ne suis pas Mireille Darc, je suis Brigitte Macron !

HOLLANDE : Pardon, je... Je me trompe à chaque fois à cause de la coiffure... Justement, à propos de coiffeurs, c'est sûr que les salons rouvrent ?

BRIGITTE : Oui, François, Bruno Lemaire l'a assuré.

HOLLANDE : Tant mieux parce que je n'osais plus me faire ma teinture à l'encre de Chine parce que tout ce qui vient de Chine, ça me fait peur !

BRIGITTE : C'est ça, allez, au revoir !

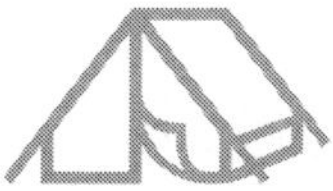

JEAN-PIERRE PERNAUT

Vacances en France

JADE : Il est de plus en plus probable que les Français ne puissent pas partir en vacances à l'étranger cet été. Une aubaine pour les zones rurales qui se préparent à les accueillir. N'est-ce pas, Jean-Pierre Pernaut ?

PERNAUT : Absolument, ma petite Jade ! D'ailleurs comme le dit un proverbe de la Creuse : « Si les parigots déboulent cet été, y a moyen de se faire un maximum de blé. » Alors prenons tout de suite la route de nos belles régions, direction Détrousse-les-Pigeons, dans l'Aube, où Norbert Pichard, un tour-operator local, proposera dès le 1er juillet aux citadins des safaris en pleine nature, qui permettront aux vacanciers émerveillés de prendre des photos des vaches, cochons et autres poules de la ferme, confortablement installés dans une charrette tirée par un tracteur, pour le prix modique de 500 euros la demi-journée.

JADE : Ça va faire un tabac... Et où nous amenez-vous maintenant, Jean-Pierre ?

PERNAUT : Au charmant village d'Aboule-la-Thune, dans le Loiret, où Saturnin Chapoteau, un professionnel du tourisme, proposera cet été aux Parisiens émerveillés des stages de plongée à la découverte des fonds marins.

JADE : Mais il n'y a pas la mer dans le Loiret...

PERNAUT : En effet, ma petit Jade, mais c'est dans sa mare, au fond de son jardin, que le père Chapoteau proposera aux citadins de plonger, pour découvrir les grenouilles, crapauds, batraciens et autres merveilles de la faune locale, et ce pour le prix modique de 300 euros le plongeon !

JADE : Ça fait rêver...

PERNAUT : Mais notre promenade ne serait pas complète sans un détour par la Fistinière, où le maire divers droite apparenté Cheminade, Jacky Chiasson, proposera cet été aux vacanciers parisiens des stages de fist-yoga, une variante du yoga qui proposera aux vacanciers de se détendre en découvrant des postures de yoga inédites comme la posture de la caverne obstruée, la posture du tunnel encombré ou la posture du...

JADE : Merci Jean-Pierre, on n'a plus le temps.

La question de **Pascal Praud**

PRAUD : Bonjour...

JADE : **Bonjour Pascal Praud... Mais que faites-vous en slip de bain dans ce studio ?**

PRAUD : Comme vous le savez, j'ai lancé le Mouvement de libération des plages, je suis le Charles de Gaulle des bords de mer, le maréchal Leclerc des stations balnéaires. Je vais d'ailleurs installer mon gouvernement provisoire à Pornichet.

JADE : **En effet, chaque jour sur CNews, vous militez pour la réouverture des plages.**

PRAUD : Si on peut poser son fessier sur un siège de métro bondé, pourquoi ne pourrait-on pas le poser sur une serviette à la plage, je pose la question au 3210.

JADE : **Certaines plages ont rouvert, mais les préfets craignent des rassemblements et donc de nouveaux foyers de contamination.**

PRAUD : Après les palmes d'or, va-t-on interdire les palmes de plage à Cannes ? Je pose la question au 3210.

JADE : **Merci Pascal... En tout cas, vous avez de très belles tongs aux pieds.**

PRAUD : Puisque l'on sait maintenant que le coronavirus est parti de Chine, ne vaut-il pas mieux faire confiance aux sœurs Tongs qu'aux frères Tang ? Je pose la question au 3210.

JADE : **Très bien, merci Pascal, allez à bientôt.**

PRAUD : J'ai pas fini... Si un naturiste porte un masque, trahit-il sa cause ? Je pose la question au 3210.

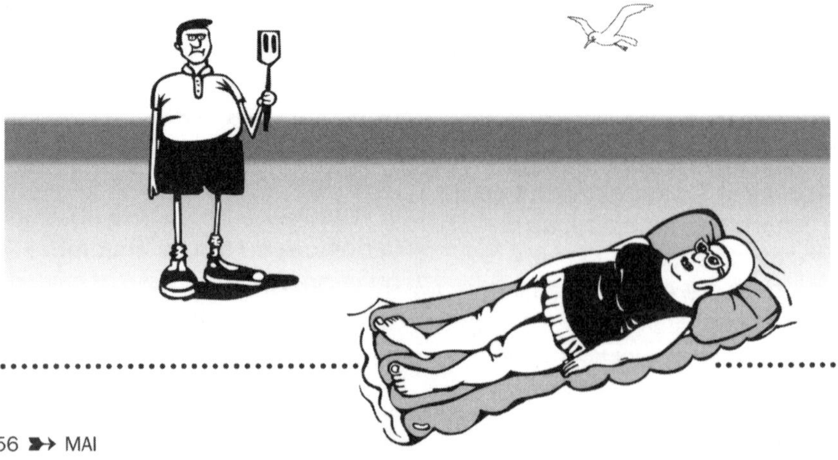

FESTIVAL DE CANNES

JADE : Difficile d'imaginer un mois de mai sans Festival de Cannes. D'autant que, selon Thierry Frémeaux, son directeur général, l'édition 2020 s'annonçait un très bon cru. Vous devez être déçu, Lambert Wilson.

WILSON : Ouiiii ! Je suis dépitéééé ! I am disapointed. Sono tristissimo. Nadine Noumouk saloperie d'coronavirus !

JADE : Toujours aussi international, en tout cas. Vous auriez été présent, je suppose.

WILSON : Bien sûr ! J'avais prévu de faire la cérémonie d'ouverture en 12 langues. Twelve linguages. Doce idiomas. Zwolf Sprächen. Shwong Zukang.

JADE : Je crois qu'en chinois c'est plutôt « Swhang Kuzang ». En tout cas, je crois qu'on va rater quelque chose. On se souvient tous de votre fameux discours de 2015 « Cannes est une femme ».

WILSON : Et cette année, à cause de l'épidémie, j'avais prévu de dire que Cannes est une infirmière, Caâânnes is a nurse. Cannes è un'infirmiera buonissima, Cannes ma parôle, elle a rien sous sa blôse, c'ti pouffiasse !

JADE : Merci Lambert, inutile de nous le faire dans les 12 langues. Vous reviendrez peut-être l'année prochaine présenter un film.

WILSON : Ouiiii ! Je vais continuer à faire des biopics. Après de Gaulle, je vais incarner une autre grande gueule : Georges Guétary.

JADE : Aïe... Vous allez chanter aussi ?

WILSON : *(il chante)* ♫ *C'est moi monsieur festivaaaaal*
Un nom qui ne va pas si maaaaal... ♫

JADE : Et comment évoquer ce Festival de Cannes reporté à l'année prochaine sans vous, Jean-Luc Godard ?

GODARD : Un virus ne pourra jamais tuer le cinéma. Même *À bout de souffle*, ce sera toujours *Sauve qui peut (la vie)*. Face à la maladie, le cinéma permet le mépris et l'adieu au langage. Mais au cinéma, ce ne sera pas comme dans la maladie, il y a eu une nouvelle vague et il n'y en aura jamais de deuxième.

LES SINOKS

JADE : Retrouvons maintenant un nouvel épisode de notre série expérimentale, *Les Sinoks*, racontée comme toujours par l'inoubliable Claude Piéplu. L'épisode du jour s'intitule : « C'est pas parce qu'un et un font deux que deux et deux ont le droit de faire quatre. »

PIÉPLU : En ce temps-là, sur la planète des Sinoks, après deux mois de confinement, les Sinoks furent autorisés à se déplacer de nouveau. Le Grand Sinok, président des Sinoks, demanda donc à la Sinok des Transports d'organiser les déplacements. Celle-ci fit de savants calculs et décida d'imposer la distanciation sociale dans les trains, mais pas dans les avions, et dans le métro, sauf quand il y a du monde.

Inquiets par cette mesure, les Sinoks décidèrent de plutôt prendre leurs voitures. Mais comme toujours, sur la planète Sinok, rien n'était simple, et Anne Hidalgo, la Sinok-Dingo, ferma les routes pour obliger les Sinoks à faire du Vélib' sur les pistes Sinoks.

Les Sinoks pouvaient s'asseoir sur les pelouses mais devaient marcher sur les plages. Le ministre de la Culture Sinok, quant à lui, les autorisa à fêter la musique le 21 juin dans un grand bal masqué, ohé ohé.

Pendant que certains jouaient du tuba en courant et que d'autres dansaient sans bouger, on en vint à interroger sur la meilleure façon de se déplacer la Sinok-Sibeth qui fumait, fumait, fumait... mais pas de la tête, de la bouche. Entre deux taffes, celle-ci se rangeait invariablement derrière l'avis du Grand Sinok et invitait les Sinoks à enfourcher le tigre. On lui répondit que cette réponse n'avait aucun sens, mais elle rétorqua que les Sinoks étaient autorisés à voyager dans le sens qu'ils voulaient, du moment qu'ils ne dépassaient pas 100 kilomètres, à l'exception des Gibis, qui pouvaient voyager librement sur le territoire Sinok.

Pascal Praud, le Sinok journaliste, résuma la situation ainsi : « C'est pas parce qu'un et un font deux que deux et deux ont le droit de faire quatre. »

C'est tout pour aujourd'hui !

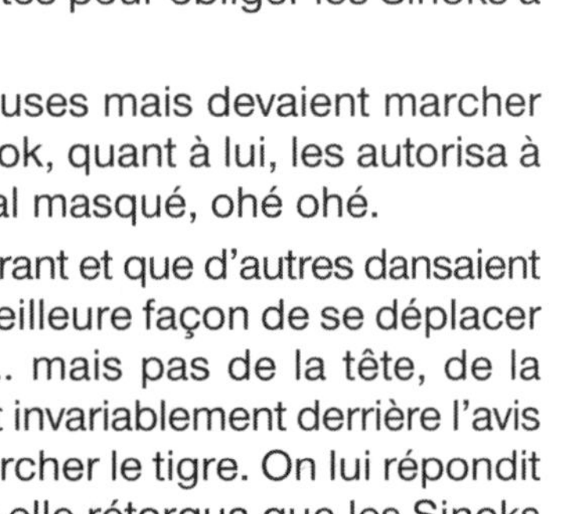

QUI A PT ?
C'EST MOI, OU C'EST LES DISTANCES DE SÉCURITÉ ?
619
618
609
602
597
596
595

JADE : Après avoir accompagné les Français durant leur confinement en leur lisant des fables de La Fontaine, notre ami Fabrice Luchini vient d'enregistrer une nouvelle fable pour célébrer le déconfinement. C'est à vous, Fabrice…

Le bobo déconfiné, sa femme et ses enfants

PAR FABRICE LUCHINI

Chacun a son défaut où toujours il revient
Sur ce propos, d'un conte d'été il me souvient…

Un bobo libéré de son confinement
Se posa sitôt dit la question du moment :
Où partir en vacances avec femme et enfants ?
Mais seulement en France, il trouvait ça navrant.

Il avait tant rêvé de partir découvrir
Le Bhoutan, le Tibet (La Havane ?) ou alors Agadir,
Oui mais Édouard Philippe l'avait bien répété :
Rien hors de nos frontières, il s'était résigné

Car déjà fort déçu de l'annulation
Du très subventionné Festival d'Avignon
Où il se réjouissait de pouvoir applaudir
Une pièce d'Olivier Py pourtant triste à mourir

Alors consciencieusement il prit une carte de France
Afin d'organiser sa future transhumance
Hésita : Atlantique ou Méditerranée ?
Aller au Cap-Ferret ou bien à Saint-Tropez ?

Mais que choisir : un cap ou une péninsule ?
Il n'allait pas finir dans un camping à Tulle.
S'il allait au Ferret ou sur l'île de Ré,
Il croiserait sans doute Barthès de TMC.

Finalement il opta pour une valeur sûre
Et inscrivit une croix sur la côte d'Azur
Un bermuda corail et une chemise en lin
Il passera pour sûr pour un vrai Tropézien.

Le soir il sucera sa glace sur le port
Devant de gros bateaux, de grosses femmes, de gros porcs
Il prendra la navette pour rejoindre Sainte-Maxime
Où les locs sont moins chères, où il y a moins de frime.

Il partira là-bas avec toute sa clique
Mais le 21 juin, il fêtera la musique,
Il ira dans Paris sur sa chère trottinette
Voire des intermittents souffler dans des trompettes
Car le confinement ne l'aura point changé
Il est fier maintenant de vivre « le monde d'après ».

Quant à vous cet été, profitez comme un prince
Allez, venez, courez, demeurez en province
Prenez femme, abbaye, emploi, gouvernement
Les gens en parleront, n'en doutez nullement.

EMMANUEL MACRON/JEAN-MARIE BIGARD

JADE : Après le coup de gueule poussé par Jean-Marie Bigard sur les réseaux sociaux, le président de la République Emmanuel Macron a appelé l'humoriste en colère. Bien entendu, nous disposons de l'enregistrement de cette conversation.

☎ *Driiing !*

BIGARD : Allô, c'est qui ? On peut plus s'branler tranquille ou quoi ?

MACRON : Allô, bonzour Zean-Marie, c'est Emmanuel Macron. Ze vous appelle au sujet de votre coup de gueule. On voudrait bien avoir votre avis pour le déconfinement du 2 juin.

BIGARD : Si t'as des couilles, mon pote, le 2 juin, tu fais un lâcher de salopes. Et pas des salopes d'élevage, hein ! Des vraies salopes y veut, le gars !

MACRON : Heu, vous croyez, Zean-Marie ? Ze sais pas si le conseil scientifique va être d'accord.

BIGARD : Si les toubibs y sont pas contents, tu leur dis : « Allez tous vous faire enculer, les gars ! »

MACRON : Euh, bon, merci Zean-Marie. Ze vais réfléchir.

BIGARD : Tiens, à propos des toubibs, tu la connais celle-là ? C'est un type il a une grosse chiasse, une chiasse monumentale, le gars...

MACRON : Ah non, ze la connais pas.

BIGARD : Mais comme c'est le confinement, le gars, ses WC y sont occupés par sa femme et ses gosses...

MACRON : Ah oui, ze la connais, merci Zean-Marie.

BIGARD : Alors le type y tape à la porte, le gars. Et là, t'as sa femme qui lui dit au gars : « Mets-toi un bouchon dans l'cul ! »

☎ *Clic !*

CASSE TA NÈRE !

JADE : Après avoir accusé les policiers de massacrer des hommes et des femmes pour leur couleur de peau, la chanteuse Camélia Jordana propose un débat télévisé au ministre de l'Intérieur. Bonjour Christophe Castaner.

CASTANER : Bonjour. Faites vite parce que j'ai un conseil de défense capital consacré à la réouverture des discothèques, je suis overbooké.

JADE : Allez-vous accepter ce débat télévisé avec Camélia Jordana ?

CASTANER : Oui bien sûr, on le fera sur NRJ12 avec Nabila dans le rôle d'Arlette Chabot. Et puis après j'enchaînerai avec un débat sur la réouverture des écoles avec Chantal Goya sur Gulli et un grand débat sur la crise sanitaire avec Mimi Cracra sur Télétoon.

JADE : Je vous sens moqueur, Christophe Castaner...

CASTANER : Ah pas du tout ! Vous vous souvenez que j'avais dit que j'étais fasciné par Emmanuel Macron, presque amoureux. Du coup, je fais tout comme lui : il appelle Jean-Marie Bigard, moi j'appelle Camélia Jordana. Et puis après j'enchaîne sur une conf call avec Nolwenn Leroy, on doit parler de l'indépendance de la Bretagne.

JADE : Mais vous trouvez vraiment légitime Camélia Jordana ?

CASTANER : Faut vivre avec son temps, la gauche a perdu Michel Piccoli, elle a gagné Camélia Jordana ! Bon, je vous laisse, j'ai rendez-vous avec notre futur ministre de la Ville.

JADE : Ah bon ! Il va y avoir un nouveau ministre de la Ville ?

CASTANER : Oui, Stéphane Plaza !

PHILIPPE DE VILLIERS

La croisade du sif

JADE : Après un intense lobbying de Philippe de Villiers directement auprès d'Emmanuel Macron, le Puy du Fou va rouvrir ses portes le 11 juin, malgré les réticences d'Édouard Philippe.

VILLIERS : Montjoie ! Saint-Denis ! J'ai fait plier le barbu ! Je suis le Charles Martel des parcs d'attractions !

JADE : En publiant un SMS du président de la République, vous avez un peu forcé la décision...

VILLIERS : Il suffit, la gueuse ! Lorsque le pigeon voyageur du prince Emmanuel, qui répond au nom de WhatsApp, s'est posé sur mon gant de fauconnier, j'ai simplement annoncé la bonne nouvelle à mon peuple, comme l'aurait fait tout seigneur à ma place !

JADE : En tout cas, vous êtes satisfait : les parcs d'attractions peuvent rouvrir...

VILLIERS : Et je ne compte pas m'arrêter là ! Je vais à présent demander à ce que les plages restent fermées !

JADE : Quoi ?! Enfin voyons, ce n'est pas du tout logique !

VILLIERS : Aaah ! Vade retro Jadanas ! Si le ciel nous a envoyé cette épreuve pandémique, c'est justement pour que nos plages restent fermées cet été. Nous voilà enfin débarrassés de ces poitrines dénudées aux aréoles brunes et aux tétons turgescents qui vous passent à côté tandis que vous êtes tranquillement allongé sur votre serviette de plage à faire des pâtés ou les mots fléchés de *Valeurs actuelles*.

JADE : Avec la distanciation sociale, vous ne les verrez plus...

VILLIERS : Que tu dis ! Ces créatures à la patte de chameau lippue qui ondulent leurs croupes rebondies sont partout. Elles vous obligent à vous mettre sur le ventre pour ne pas exhiber une protubérance obscène qui déforme votre maillot de bain une pièce !

JADE : Pourtant chez vous en Vendée, les plages rouvrent les unes après les autres.

VILLIERS : Peu me chaut, fille de radio, car j'ai un plan ! D'ailleurs, pour autant qu'il t'en chaille, du verbe « chaloir », je t'informe du lancement d'une grande croisade estivale.

JADE : En quoi consistera-t-elle exactement ?

DE VILLIERS : Vêtu d'un bob, de claquettes et d'un paréo frappé du sacré-cœur vendéen, je parcourrai les plages rouvertes pour enduire de goudron tous les sif épilés de près offerts au soleil. Ah, j'arrête, je bande !

LE JEU DES SEPT ERREURS DU COVID

Sept erreurs se sont glissées entre ces deux photos. Sauras-tu trouver lesquelles ?

Erreur n°1. Dire qu'il faut continuer à aller au théâtre.

Erreur n°2. Maintenir le premier tour des municipales.

Erreur n°3. Dire que porter un masque ne sert à rien (quand il n'y en a pas).

Erreur n°4. Attendre le mois de mars pour commencer à réagir.

Erreur n°5. Ne tester que les malades (comme ça, on sait qu'ils sont malades).

Erreur n°6. Fermer les bars et les restaurants mais ouvrir les écoles.

Erreur n°7. Dire que porter un masque est obligatoire (maintenant qu'il y en a).

VOUS AVEZ DES TWIX ?

LES BONS CONSEILS DU Pr RAOULT

JADE : Donald Trump a une nouvelle fois créé la polémique en affirmant qu'il prenait de l'hydroxy-chloroquine tous les jours à titre préventif. Interrogeons à ce sujet le professeur Raoult (qui nous fait tant penser à Patrick Sébastien). Bonjour Didier Raoult.

RAOULT : Saluuuut peuchère ! Qué polémique ? Y a pas de polémique ! Il prend le traitement que je lui ai indiqué, voilà tout !

JADE : Ah parce que ça vient de vous ?

RAOULT : Ouais... Parce que tu vois ma Jade, sous le gilet jaune du docteur proche du peuple, y a une star bienveillante qui soigne tout le monde, même les puissants. D'ailleurs Donald n'est pas le seul.

JADE : Ah bon ? Vous soignez d'autres puissants ?

RAOULT : Ouais... Par exemple c'est moi qui ai prescrit son régime minceur à Kim Jong-un.

JADE : Ben ça n'a pas très bien marché...

RAOULT : Mais si ça a marché... Sa courbe de poids, elle est comme la courbe du Covid-19, elle va redescendre naturellement, faut juste attendre un peu.

JADE : Si vous le dites...

RAOULT : Poil à l'arthrite ! Mais tu sais ma Jade, si je n'avais pas des bons résultats, les présidents des grandes puissances mondiales ne viendraient pas me voir... Non, la seule fois où j'ai fait une erreur, j'avoue, c'est quand j'ai traité l'AVC de Bouteflika avec de l'huile essentielle d'eucalyptus. Là j'ai merdé.

JADE : C'est bien de le reconnaître.

RAOULT : Sur ce je vous laisse, c'est l'heure de ma consultation Skype avec Erdogan.

JADE : Ah bon ? Mais qu'est-ce qu'il lui arrive ?

RAOULT : Ben il déprime, et je le connais, à chaque fois qu'il déprime, il attaque les Kurdes. Du coup je vais lui prescrire un verre de pastaga matin, midi et soir, ça lui remontera le moral. Parce que le pastaga, c'est que de l'amour !

FRANÇOIS LENGLET

LA CRISE D'APRÈS

JADE : Même si l'épidémie en cours semble ralentir, tous les experts s'accordent à dire qu'une crise économique sans précédent se profile. Voyons ce qu'en pense notre spécialiste maison, François Lenglet. Bonjour François, y a-t-il des domaines d'activités qui vous semblent particulièrement exposés ?

LENGLET : Tout va s'effondrer, mais j'ai préparé un exemple concret qui concerne la culture. Prenons Karine, une jongleuse cracheuse de feu en sarouel, Saturnin, son partenaire qui est clown de rue, et leur doberman, que nous appellerons « Fuck the Cops ».
Eh bien cette année, Karine et Saturnin ne pourront pas aller à Avignon faire la manche devant la Fnac et ils ne toucheront donc QUE leurs indemnités d'intermittents du spectacle. Donc pour eux, le manque à gagner est colossal. D'autant que le doberman n'a pas droit au statut d'intermittent du spectacle. C'est ce qu'on appelle un trou dans la raquette.

JADE : Ah oui, on comprend mieux les enjeux. Mais il y a quand même des pays qui s'en sortent mieux que d'autres, non ?

LENGLET : Prenons le Tadjikistan. Là-bas, les jongleuses se font couper les mains et les clowns sont envoyés aux travaux forcés pour faire rire les prisonniers politiques. Eh bien, on peut prévoir qu'au Tadjikistan le système de protection sociale des intermittents du spectacle résistera mieux à la crise.

JADE : Une démonstration limpide, comme d'habitude. Merci François Lenglet.

LENGLET : Donc en résumé, y aura-t-il une crise économique ? Oui, et elle risque de faire très mal au Consortium Universel de Liquidité (le CUL) mais aussi à la Banque Internationale de Transactions Européennes (la BITE), et...

JADE : Merci, merci, François.

JUIN-JUILLET

LES VIOLENCES POLICIÈRES ET LE RACISME EN QUESTION

LES IDÉES DE JEAN-MARIE BIGARD

LE SECOND TOUR DES MUNICIPALES

LE REMANIEMENT

... ET LE « MONDE D'APRÈS »

LES SINOKS ET LE MONDE D'APRÈS

PIÉPLU : Sur la planète Sinok, on aimait bien se poser des questions. Les Sinoks à lunettes (les plus intelligents) et les Sinoks subventionnés (les plus artistes) s'interrogeaient sur le monde d'après. Dans les journaux, à la télévision, ou sur YouTube dans leur salon devant leur belle bibliothèque, à la lumière d'une lampe de chevet, ils nous pompaient, pompaient, pompaient l'air sur la fin du monde d'avant.

Ainsi, la Sinok actrice appelait à la décroissance entre deux publicités grassement rémunérées pour une marque internationale de sacs fabriqués en Chine.

Le Sinok grand patron, qui jusque-là ne voulait plus entendre parler de l'État, venait maintenant lui réclamer des aides.

Quant au Sinok financier, il signait des tribunes enflammées pour une répartition plus juste et montra l'exemple en se distribuant des dividendes.

Mais n'allez pas croire que la question du monde d'après épargnait les Sinoks citoyens lambda.

Les Sinoks des villes voulaient un monde d'après avec plus de nature et ils profitaient du moindre coin de verdure pour jeter par terre leurs masques usagés... Peut-être pensaient-ils qu'à force d'en semer des arbres à masques allaient pousser et permettre ainsi au grand Sinok, le président des Sinoks, d'éviter une deuxième pénurie après la première pénurie qui n'avait de toute façon jamais existé.

Les Sinoks des champs, qui avaient chassé les Sinoks des villes lorsque ceux-ci voulurent passer leur confinement à la campagne, voulaient maintenant qu'ils y reviennent pour y passer leurs vacances et ainsi favoriser l'artisanat local made in Taïwan.

Avec le télétravail, les Sinoks des villes voulaient habiter dans les champs, tandis que les Sinoks des champs qui n'avaient plus de travail voulaient avoir un bureau en ville.

Les Sinoks se mirent donc d'accord pour dire que le monde d'après, c'était donc comme le monde d'avant mais à l'envers !

C'est tout pour aujourd'hui !

ENFIN QUOI, MERDE, C'EST PAS COMPLIQUÉ ! LES MASQUES, ÇA SERT À RIEN, MAIS ILS SONT OBLIGATOIRES DANS LES TRANSPORTS QUAND VOUS VOUS RENDEZ SUR VOTRE LIEU DE TRAVAIL EN RESTANT CHEZ VOUS DANS UN RAYON DE UN KILOMÈTRE. À MOINS, BIEN SÛR, QUE VOUS SOYEZ DANS UN DÉPARTEMENT CLASSÉ ROUGE, AUQUEL CAS C'EST L'INVERSE. PAR CONTRE, SI VOUS ÊTES ORANGE, ALORS ON SAIT PAS.
DES QUESTIONS ?
Conseil des mi

RAMBO

BLACK LIVES MATTER

JADE : La mort de George Floyd aux États-Unis a un écho même en France où certains dénoncent des violences policières et un racisme d'État. Faisons le point avec le conseiller stratégique de Donald Trump, John Rambo.

RAMBO : Vous êtes marrants, les grenouilles, à vouloir toujours nous copier... Sauf que vous savez pas faire. Nous, on a Spielberg, vous vous avez Christophe Honoré. Nous on a 2 000 morts par an à la suite d'une intervention policière, vous vous en avez 15... Ha, ha, ha ! Vous arrivez pas à faire les choses en grand !

JADE : Il y a quand même des manifestations en France contre les violences policières...

RAMBO : Ouais, avec trois palettes qui brûlent... Alors que nous, c'est du grand spectacle, ça a de la gueule... Même vot'acteur là, Omar Sy, il a compris, c'est chez nous qu'il veut faire carrière en manifestant...

JADE : Il n'y a pas que lui, je vous ferais remarquer... Camélia Jordana aussi a manifesté et c'était à Paris.

RAMBO : *(il chouine)* Me parle pas de ça, ça me rappelle un mauvais souvenir...

JADE : Racontez-nous, John Rambo, ça vous fera du bien...

RAMBO : Avec Donald, on regardait à la télé un concert incroyable de Beyoncé. Sa voix, ses chorégraphies, le son et la lumière, tout était magique... Et puis Donald, je sais pas ce qu'il a foutu mais sans faire exprès, il a zappé sur TV5 Monde et là on est tombés sur votre Camélia Jordana qui essayait de faire des vibes avec sa voix, c'était horrible ! Mon Donald, il a commencé à saigner des oreilles, j'arrive pas à m'sortir ça d'la tête, colonel !

JADE : Vous exagérez, John Rambo. Camélia Jordana chante très bien et d'ailleurs c'est ce qu'elle a fait au cours de la première manifestation parisienne.

RAMBO : Me fais pas rire, ça va me faire péter mes cicatrices. Elle a pas chanté, elle a miaulé. Nous, chez les Ricains, on a la black panthers, vous chez les grenouilles, vous avez les black chatons !

UNE NOUVELLE DÉCLARATION DU PRÉSIDENT DES ÉTATS-UNIS D'AMÉRIQUE

EMMANUEL MACRON/JEAN-MARIE BIGARD

Bigard à l'Élysée

JADE : Le coup de fil d'Emmanuel Macron à Jean-Marie Bigard a irrité jusque dans les rangs de ses ministres. Prenons la direction de l'Élysée.

MACRON : Brizitte ! Brizitte ! Faut que z'appelle Tex pour ma loi sur l'égalité hommes-femmes.

BRIGITTE : Ça suffit Emmanuel ! Tu l'as dit il y a deux mois : c'est la guerre. Alors comporte-toi comme un général, pas comme un comique troupier ! Tu crois qu'en 68 de Gaulle a demandé conseil à Fernand Raynaud ?!

MACRON : Si on peut plus rigoler...

BRIGITTE : Je vais demander conseil à OK Goglé... OK Goglé, dis-moi ce qu'aurait fait le général Bigeard...

@ OK GOOGLE : OK BRIGITTE. J'APPELLE JEAN-MARIE BIGARD.

BRIGITTE : Mais non ! BIGEARD, pas Bigard !

BIGARD : On peut plus se branler tranquille dans c'pays ! Allez tous vous faire enculer !

BRIGITTE : Bonjour, Jean-Marie... Excusez-moi, c'est une erreur.

BIGARD : T'excuse-pas, ma poulette ! C'est bien que Manu et toi vous demandiez son avis à un vrai Français qu'a des tee-shirts à message à faire passer ! Tiens d'ailleurs, tu la connais l'histoire du Français, de l'Amerloque et du Belge qui vont aux putes ?

BRIGITTE : Oui, oui, je la connais, merci Jean-Marie...

BIGARD : Attends ! Écoute-moi parce que sinon je me présente à la présidentielle et j'utiliserai pas de vaseline, si tu vois ce que je veux dire !

BRIGITTE : Calmez-vous, Jean-Marie...

BIGARD : Alors tu vas demander à Manu si son application StopCovid, elle marche encore si on s'met l'téléphone dans l'cul ?

BRIGITTE : Je ne sais pas mais un conseil : enlevez le vibreur quand même... Et puis au lieu de dire des insanités, vous feriez mieux de faire la promotion des gestes barrière.

BIGARD : Putain ! Ça me rappelle l'histoire du gars qui veut aller aux chiottes parce qu'il a une envie de chier monumentale, le gars !

BRIGITTE : OK Goglé ! Mets un terme à cet appel !

@ OK GOOGLE : OK BRIGITTE, JE RAPPELLE.

BIGARD : ... Le gars, il passe aux gogues derrière un aut'gars qu'a le Covid, tu vois. Après avoir touché la poignée d'la porte, forcément il touche sa bite. Et le gars, quand sa femme elle veut lui faire une gâterie, tu vois...

BRIGITTE : OK Goglé ! Mets le téléphone en panne !

@ OK GOOGLE : OK BRIGITTE, J'APPELLE ROLAND MAGDANE.

MAGDANE : Allô ? Ici l'estomac... J'ai un p'tit creux.
Quand est-ce qu'on mange ?

BRIGITTE : Ah, mais c'est insupportable !

MAGDANE : Linlin !

PHILIPPE DE VILLIERS

Gaulois réfractaire

VILLIERS : Montjoie ! Saint-Denis ! Utrique Fidélis !

JADE : Bonjour Philippe de Villiers.

VILLIERS : Je vois que le sournois seigneur de la matinale, Calvi, ne m'a pas convié à son émission culturelle dont le titre sent le stupre et la luxure !

JADE : Vous voulez parler de *Laissez-vous tenter* ?

VILLIERS : C'est ça... Un titre qui rappelle tous les vices. Sans doute a-t-il eu peur que je le fouette avec des orties fraîches pour expier ses fautes d'avoir donné la parole à ce pornographe de Guillaume Musso qui met des filles partout : *La Fille de papier*, *La Fille de Brooklyn*, *La Jeune Fille et la nuit* !

JADE : Et pourquoi auriez-vous dû être invité à *Laissez-vous tenter* ?

VILLIERS : Après *J'ai tiré sur le fil du mensonge et tout est venu*, mon précédent brûlot, je publie *Les Gaulois réfractaires demandent des comptes au nouveau monde* !

JADE : Ah oui, j'ai vu ça, en effet... Un livre que vous avez écrit pendant le confinement.

VILLIERS : Entre deux pigeons voyageurs envoyés au prince Macron pour la réouverture du Puy du Fou, il fallait bien que j'occupasse mon temps. J'ai entendu l'appel du grimoire et ma plume, je ne l'ai pas mise là où tu penses, fille de radio, non, je l'ai trempée dans l'hydromel gaulois et j'ai tout dit !

JADE : Vous racontez par exemple dans le détail votre conversation avec Emmanuel Macron lors de sa visite au Puy du Fou lorsqu'il était ministre et qu'il vous annonce avant tout le monde sa décision de se présenter à l'Élysée.

VILLIERS : Veux-tu que je t'en lise un extrait, fille de radio ?

JADE : Volontiers.

VILLIERS : Ouvre tes esgourdes, je me lance, deux points, ouvrez les guillemets : « L'atmosphère est détendue, le jeune Emmanuel paraît très sûr de lui : le verbe est haut, les yeux virevoltent, l'humeur est sautillante, Brigitte ponctue de sourires émoustillés les saillies de son mari, elle trille, elle fond, il est heureux ! » Ah ! Je préfère m'arrêter là dans ma lecture, le souvenir de cette nuit chaude de l'été vendéen m'excite.

JADE : Revenons plutôt au sujet de fond de votre livre : *La France déracinée*.

VILLIERS : La mondialisation en coupant la tige de notre beau pays lui a ôté toute sa sève ! Je demande à ce que le peuple de France se redresse ! Que la Gaule redevienne la Gaule ! Ah j'arrête, je bande !

CHRISTOPHE CASTANER

LA POLICE DU MONDE D'APRÈS

JADE : Les relations entre Christophe Castaner et les policiers ne sont pas près de s'arranger. Le ministre de l'Intérieur a réaffirmé sa volonté d'interdire la clé d'étranglement. Bonjour Christophe Castaner.

CASTANER : Oui, bonjour, dépêchez-vous, j'ai un after au Macumba... Enfin je veux dire : au lieu de vie nocturne racisé.

JADE : On va faire vite, promis... Les policiers ont l'impression que vous les lâchez.

CASTANER : Au contraire, je leur donne une toute nouvelle panoplie de modes d'arrestation.

JADE : Dites-nous ça...

CASTANER : Je propose de remplacer le plaquage ventral par le plaquage verbal. Le policier fait face à l'assaillant et lui dit tout de go : « Pourriez-vous me donner votre arme afin que nous assurions vous et moi la paix civile dans une démarche de vivre ensemble ? »

JADE : Vous pensez que les délinquants seront réceptifs à ce genre de méthode ?

CASTANER : Si jamais cette méthode est encore trop violente, je demanderai aux policiers d'appliquer la méthode de l'obligeance.

JADE : Ah ça, ça a l'air costaud... Racontez-nous.

CASTANER : Le policier fera face au délinquant et lui lancera avec fermeté : « Bonjour monsieur, auriez-vous l'obligeance de lâcher ce fusil, vous risquez de vous faire un gros bobo ? » Et pour ne pas trop traumatiser le récalcitrant, nous diffuserons pendant l'intervention le générique des Bisounours.

EDDY MITCHELL BERTRAND TAVERNIER
JEAN-LUC GODARD

AUTANT EN EMPORTE LE MOMENT

JADE : Le film *Autant en emporte le vent* a été retiré de la plateforme HBO pour ses préjugés racistes. Le Grand Rex a également annulé sa projection. On en parle avec notre spécialiste du grand cinéma : Eddy Mitchell. Bonjour monsieur Eddy.

MITCHELL : Hello, miss Jade... *Autant en emporte le vent* ou devrais-je dire *Gone with the wind*, de l'immense Victor Fleming avec la délicieuse Vivien Leigh, l'incroyable Clark Gable et la formidable Hattie McDaniel qui joue le rôle de Mamma et qui pour cette performance, ah oui, est devenue la première actrice noire à obtenir un Oscar... Mais peut-être que ses descendants vont devoir le rendre pour appropriation d'un bien culturel, les Oscars étant, c'est bien connu, réservés aux Blancs...

JADE : Je vous sens taquin, monsieur Eddy.

MITCHELL : *Absolutly* miss Jade... Je taquine, je taquine, mais je m'inquiète aussi... Ah oui... Puisqu'il ne faut plus rien s'approprier des autres cultures, j'ai bien peur de devoir abandonner Eddy Mitchell pour Claude Moine et ma banane de Memphis pour une raie sur le côté de Paris 9e, ah oui...

JADE : D'autres films seraient sur la sellette... euh... Claude ?

MITCHELL : Pour ça, je vous laisse avec le spécialiste, the specialist du septième art, l'immense Bertrand Tavernier...

TAVERNIER : Oui alors, j'ai fait le tri dans mes 6 553 DVD Blu-ray et je ne vous cache pas qu'il va falloir retourner pas mal de chefs-d'œuvre... *La mariée était en noir* de François Truffaut va devoir aller se rhabiller et enfiler une robe blanche... Du coup, le film n'aura plus aucun intérêt, mais sera dans l'air du temps...
Bon et puis alors il faut aussi retourner des films avec dans les premiers rôles des acteurs de couleur... Du coup, je propose de remplacer Pierre Richard par Omar Sy dans *Le Grand Blond avec une chaussure noire* qui s'appellera du coup *Le Grand Noir avec une chaussure blonde*... Quant à la scène du décolleté fessier de Mireille Darc, peu compatible avec le féminisme, elle sera remplacée par Adèle Haenel dans une robe de bure.

MITCHELL : Ah oui, merci mister Tavernier pour ces bonnes idées... La robe de bure qui me fait penser au chef-d'œuvre de l'immense Max Pécas *Les P'tites Pépées à Bures-sur-Yvette*, avec les charmantes Katia Tchenko et Grace de Capitani, ah oui...

JADE : Merci monsieur Claude, mais on s'éloigne un peu du sujet... Je crois que notre ami Jean-Luc Godard veut également intervenir.

GODARD : La censure, c'est le début de la dictature... On efface tout ce que l'on ne veut pas voir... Je préfère la vérité à l'oubli, fusse-t-elle affreuse... Car comment ne pas reproduire nos erreurs quand on n'en a plus la mémoire... Le cinéma, c'est une lumière dans une salle obscure que les nouveaux dictateurs veulent éteindre...

JEAN-LUC MÉLENCHON

DÉSARMANT

JADE : Jean-Luc Mélenchon, après avoir appelé à désarmer la police, veut maintenant désarmer les gangs qui se sont malheureusement exprimés à Dijon.

MÉLENCHON : J'suis pacifiste, ça t'pose un problème, p'tite tête de journaliste !

JADE : Bonjour Jean-Luc Mélenchon...

MÉLENCHON : *(il l'imite)* Bonjour Jean-Luc Mélenchon... Vas-y, fous-toi d'ma gueule !

JADE : Je vous disais juste bonjour... Je m'interroge quand même : comment la police, si elle est désarmée, pourra-t-elle désarmer les gangs ?

MÉLENCHON : Viens pas m'embrouiller avec tes questions à la solde du complot luxembourgeo-aristo-capitaliste ! Il est où ton patron, là, le tsar Nicolas 2 Tavernost ?! Hein, il est où ? Ramène-le-moi que je lui coupe la tête !

JADE : Dites donc pour un pacifiste, vous êtes drôlement énervé.

MÉLENCHON : *(il hurle)* Moi, énervé ?! Pas du tout ! Depuis Dijon, la moutarde me monte au nez, c'est tout. T'as de la chance, je suis un grand démocrate ! Allez, fais comme les flics américains, mets un genou à terre devant moi et plus vite que ça ! Prosterne-toi devant Méluche Ier !

JADE : Je vais plutôt vous reposer ma question : comment la police peut-elle désarmer les gangs si elle-même est désarmée ?

MÉLENCHON : À moi ! La petite tête de journaliste s'en prend à moi ! Tu me touches pas ! La république, c'est moi !

MON PLAN POUR 2022 ? FONDER LE 1ER EMPIRE INSOUMIS ET PARTIR À SAINTE-HÉLÈNE.

JEAN-MICHEL APHATIE REÇOIT

Jean-Marie Bigard

APHATIE : Chers téléspectateurs, chères téléspectatrices bonsoir. Je reçois aujourd'hui un humoriste connu pour son franc-parler et ses prises de position tranchées en la personne de Jean-Marie Bigard. Jean-Marie Bigard, votre coup de gueule concernant la réouverture des bistrots a été très remarqué sur les réseaux sociaux et vous a valu un coup de fil personnel du président de la République. Jean-Marie Bigard, peut-on considérer que vous êtes désormais l'éminence grise du Président, le visiteur du soir qui murmure à l'oreille de Macron ?

BIGARD : Ben c'est comme le type, il a une paire de couilles énormes. Des valseuses monumentales ! Pour se les gratter, y met deux heures chacune, le gars ! Tellement elles sont grosses, le type, il les porte dans une brouette...

APHATIE : Excusez-moi de vous interrompre, Jean-Marie Bigard, mais je ne vois pas très bien le rapport entre votre anecdote sur les gonades hypertrophiées de cet individu et vos conseils au Président. Jean-Marie Bigard, vous considérez-vous, oui ou non, comme un représentant autoproclamé de l'antisystème et si oui comment comptez-vous peser dans le débat démocratique ?

BIGARD : Ah ben, pour faciliter le débat démocratique, le mieux c'est qu'ils aillent tous se faire enculer ! Tiens, tu la connais celle du type qui a une toute petite bite ? Le gars, sa bite, on dirait un haricot vert. Alors son pote, y lui dit : la prochaine fois, avant de te branler, tu la trempes dans l'eau bouillante pour la faire gonfler, le gars...

APHATIE : Mais enfin, mais c'est aberrant, vous voilà reparti sur une plaisanterie où la grossièreté le dispute au scabreux ! Comment la présidence peut-elle vous demander votre avis, on se le demande !

BIGARD : Tiens, à propos, tu la connais celle du mec qui veut chier à l'Élysée pendant les journées du patrimoine ?

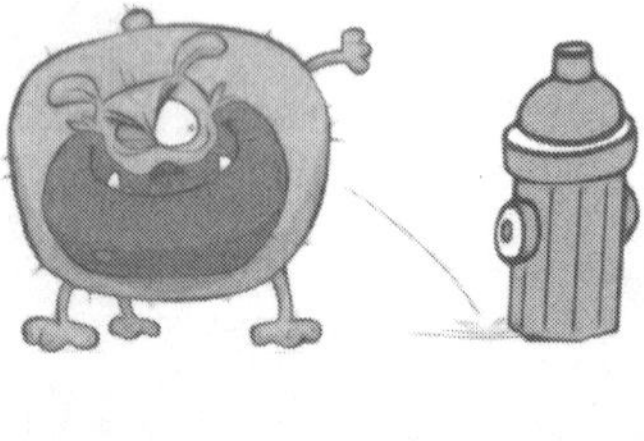

PATRICK SÉBASTIEN

Doigt de réponse

SÉBASTIEN : Saluuuuuut !

JADE : Bonjour Patrick Sébastien.

SÉBASTIEN : Je vais te proposer un nouveau numéro de mon émission qui met un doigt... Non, non, non, pas là où tu penses... Qui met un doigt au politiquement correct : doigt de réponse. Je vais te faire deviner le thème... Je mets la perruque à Julien Doré, je prends une liasse de biffetons, et tu vas comprendre, regarde... Tu devines pas ?

JADE : Non, vous ne bougez plus et vous ne dites rien...

SÉBASTIEN : C'est fait exprès ! J'te faisais la statue de Colbert... Allez, c'est parti ! « Faut-il déboulonner les statues ? » avec que des mecs et des meufs qu'en ont dans la pastèque : Alain Finkielkraut, môssieur Finkielkraut, Jacqueline de La Raie d'Osez le clitorisme et Michel Houellebecq. Je commence avec toi, mon Finki.

FINKIELKRAUT : Monsieur Sébastien, je constate que l'antiracisme ne veut plus aujourd'hui promouvoir l'égale dignité des personnes mais déconstruire l'hégémonie occidentale dans les pays occidentaux eux-mêmes.

SÉBASTIEN : Oh putain, tu pars fort, j'ai rien compris !

FINKIELKRAUT : Les indigénistes ne veulent plus seulement nier l'histoire, ils veulent la réécrire. Pensez que ces crétins se sont attaqués aux bustes de Winston Churchill et Charles de Gaulle !

SÉBASTIEN : Si j'avais deux gaules, je serais dur comme sa statue, ha ha ! Vas-y ma Jacquouille, je crois que t'as des choses à dire !

JACQUELINE : Plutôt que de parler de ces statues de vieux mâles blancs dominants, vous feriez mieux de m'aider à installer à Nantes l'œuvre féministe d'Elsa Sahal : deux jambes en grès émaillé rose laissant s'écouler un mince filet d'eau depuis un vagin triomphant !

SÉBASTIEN : Oh putain, une femme fontaine !

JACQUELINE : Cessez de plaisanter ! Il s'agit là de culture.

PRAUD : Bonzour...

SÉBASTIEN : Oh putain mon Pascal Praud !

PRAUD : Qu'est-ce qui est le plus culturel : les fables de La Fontaine ou les femmes fontaines, je pose la question au 3210.

FINKIELKRAUT : TAISEZ-VOUS !

SÉBASTIEN : Attends, mon Finki, y a mon Michel Houellebecq qu'a encore rien dit... Vas-y, mon Miche-Miche.

HOUELLEBECQ : Moi je suis pour qu'on érige une statue à Felix Hoffmann.

SÉBASTIEN : C'est qui celui-là, c'est un décolonialiste noir féministe transgenre ?

HOUELLEBECQ : Euh non, c'est l'inventeur de l'aspirine... Tout ça me donne mal à la tête.

OH PUNAISE,
DU GEL
HYDROALCOOLIQUE !
M'EN FOUS, J'EN PIQUE
UNE BOUTEILLE DISCRÈTOS
POUR RAPPORTER
À LA MAISON...

QUI N'EN VEUT DU RÉSEAU SOCIAL ?

ADE : Les propos soi-disant transphobes de JK Rowling, les violences policières, la racialisme, le déboulonnage des statues... Les polémiques nées sur les réseaux sociaux et relayées par les médias traditionnels se succèdent. Et beaucoup de Français s'en sentent éloignés. C'est le cas de nos amis les Deschiens.

MOREL : 3615 code Qui-n'en-veut-du-Bruno-Lochet avec aujourd'hui mon gars Bruno Lochet... Qu'est-ce qui t'amène, mon Bruno ?

LOCHET : Ben j'aimerais bien qu'on parle un peu de moi parce que j'ai bien regardé la télé et les réseaux socials, y a pas un mot sur Bruno Lochet de La Flèche dans La Sarthe, rien, peau d'balle !

MOREL : Ah oui mais ça, mon Bruno, si tu n'es pas né en Seine-Saint-Denis, tu pars mal pour qu'on parle de toi aux informations... À part ça, qui es-tu, mon Bruno ?

LOCHET : Ben j'suis un homme...

MOREL : Alors là, je t'arrête, mon Bruno ! Tu sembles cumuler les handicaps... Y a un truc qui aiderait à ta réputation, c'est que tu soilles un peu comme qui dirait transgenre ?

LOCHET : Bah non, je suis transpirant parfois quand on joue au foot avec les copains mais j'suis pas transgenre !

MOREL : Rassure-moi, mon Bruno, tu as quand même tes menstruations ?

LOCHET : Ben non ! J'ai pas mes ragnagnas puisque j'suis un homme ! C'est ma femme qui a ses ragnagnas, même qu'elle est drôlement de mauvaise humeur quand elle les a !

MOREL : Ouh là là ! Non seulement tu es un homme blanc de plus de 50 ans qui n'a pas ses menstruations, mais en plus ton épouse est une femme, alors là je crois que tu es irrécupérable, mon Bruno. Rassure-moi mon Bruno, tu as quand même déjà caillassé un policier ?

LOCHET : Ben non, le seul policier que je connais, c'est mon copain Robert, même qu'on aime bien se faire un p'tit jaune à l'apéro.

MOREL : Et en plus tu t'en prends aux Asiatiques avec ton ami Robert, le policier !

LOCHET : Mais non ! Le petit jaune, c'est l'anisette !

MOREL : Ne cherche pas d'excuses, mon Bruno ! Je te le dis tout net : pour un homme de La Flèche dans La Sarthe qui n'a pas ses ragnagnas et qui est copain avec la maréchaussée, la seule solution pour qu'on parle de toi, c'est que tu ailles déboulonner une statue d'un affreux colonialiste !

LOCHET : Ben c'est-à-dire qu'à La Flèche, on n'a qu'une seule statue, c'est celle de Pierre Perret devant la salle des fêtes. Et il est gentil, Pierre Perret !

MOREL : Et dans *Les Jolies Colonies de vacances*, y a pas le mot « colonie », peut-être ?!

♫ *Qu'as-tu donc dans ton panier*
Un Lochet, un Lochet
Qu'as-tu donc dans ton panier
Un Lochet qui s'ra jamais r'tweeté ♫

NICOLAS HULOT

MUNICIPALES :  LE SECOND TOUR

JADE : **Les écologistes sont les grands vainqueurs de ces élections municipales. Lyon, Lille, Besançon... Autant de grandes villes que les écologistes ont emportées.**

HULOT : Chhh... Waouh ! Je survole actuellement la France et je vois du vert... chhh... partout !

JADE : **Vous êtes au-dessus de notre belle nature ?**

HULOT : Chhh... Pas du tout, je survole la ville de Lyon et je vois les verts prendre le pouvoir... Waouh ! J'aperçois une scène magnifique : un Lyonnais s'apprête à déguster de la cervelle de tofu.

JADE : **De canut, vous voulez dire ?**

HULOT : Non... chhh... de tofu ! L'écologie en action... Ah, nous allons assister maintenant à une scène majestueuse : un spécimen de la race bobo-végan va acheter... chhh... du saucisson.

JADE : **Ce n'est pas très végan, ça...**

HULOT : Si... Chhh... Dans ce saucisson, on a remplacé la viande par des graines germées de son, d'où son nom : saucisson... Waouh, le bobo-végan monte à présent sur son rooftop pour récolter sa production de tomates-cerises, c'est... chhh... magnifique !

JADE : **Ah, ça, c'est bien ! C'est du circuit court !**

HULOT : Oui, notre bobo-végan va pouvoir nourrir le million d'habitants de la mégapole avec ses... chhh... trois tomates-cerises.

JADE : **Ah oui, ça fait peu...**

HULOT : Waouh ! Je quitte les nouvelles villes vertes... chhh... pour la vallée d'Aspe.

JADE : **Ah bah là, vous êtes vraiment au contact de la nature que vous chérissez tant.**

PAN !

LASSALLE : Bout du con !

JADE : **Enfin ! Jean Lassalle ! Arrêtez de tirer sur Nicolas Hulot !**

LASSALLE : Qu'est-ce qu'il vient emmerder les vrais paysans, cet écolo des villes !

HULOT : Chhh... décidément, les défenseurs de la nature ne sont toujours pas les bienvenus... chhh... dans la nature.

GÉRARD DEPARDIEU

PARIDALGO TÊTE DE VEAU

JADE : Bonjour Gérard Depardieu, qu'est-ce que vous faites là avec ces grosses valises ?

DEPARDIEU : Je suis venu vous dire au revoir. Parce que cette fois je me casse. Définitivement. Adieu Paris.

JADE : Ah bon ? Mais pourquoi ?

DEPARDIEU : Elle me demande pourquoi ! Mais parce que la dingo a été réélue, c'te blague ! Donc je profite qu'on a encore le droit de rouler sur autre chose qu'un vélo pour me barrer.

JADE : C'est juste parce qu'elle veut limiter les voitures que vous partez ?

DEPARDIEU : Mais non ! C'est à cause de l'ambiance générale. Moi ce que j'aimais, c'était le vieux Paris, le Paris de Marcel Carné. Et la dingo, elle a transformé Marcel Carné en Marcel Végane. C'est de plus en plus difficile de trouver un boucher ! Avant y en avait trois dans mon quartier. Et tu sais ce qu'il y a maintenant à la place ? Un bar à smoothies, une maison du quinoa et un atelier de la spiruline.

JADE : Je vois, vous êtes nostalgique d'une époque...

DEPARDIEU : Mais comment ne pas l'être ? On est passé de Jean Gabin à Pierre Niney, de Michel Audiard à l'écriture inclusive, et des *Tontons flingueurs* aux tatas transgenres. Alors moi je me casse ! J'm'en vais à Lyon, là-bas au moins ils savent manger !

JADE : Ah non, à Lyon, les écologistes ont gagné !

DEPARDIEU : C'est pas possible ! Bon alors je pars à Bordeaux ! Là au moins, on peut picoler.

JADE : Bah non, encore une victoire écologiste... On a connu une vraie vague verte durant ce second tour...

DEPARDIEU : Ah, mais c'est pas une vague verte, c'est une algue verte ! La Taxifolia, ça s'appelle ! Ça pue l'œuf pourri ! J'en peux plus, j'me barre à Moscou, là au moins les verres, c'est des verres de vodka ! Fumiers !

JACK LANG

Toujours prêt !

JADE : Franck Riester est de plus en plus contesté à la tête du ministère de la Culture. Ce qui fait de lui un homme menacé dans l'optique d'un possible remaniement...

LANG : Bonjour, c'est Jack ! J'ai entendu le mot « culture » et j'ai bondi.

JADE : Vous avez surtout entendu le mot « ministère », non.

LANG : Ministère, quel joli mot, dont on a cru qu'il rimait avec Riester, mais c'est un faux ami ! Riester rime en réalité avec « concessionnaire ». Que ce monsieur retourne à sa profession initiale. Je ne doute pas que ce Riester soit calé en têtes de delco de Fiat Panda, mais il n'y connaît rien en spectacles de rue exigeants avec cracheurs de feu et poètes bulgares, en expositions de graffitis fluo postmodernes, en danse hip-hop décolonialiste... Bref ! il n'y bite rien en culture, Arthur !

JADE : Vous n'êtes pas le seul à le penser. Dans *L'Obs*, des artistes, durement touchés par la crise du Covid, s'en prennent à Franck Riester et le chanteur Dominique A réclame même votre retour.

LANG : Dominique A, quel bel homme ! Et figurez-vous qu'il n'est pas le seul. Je profite de votre antenne pour remercier tous ceux qui en appellent à moi : Dominique A, Jean-Pierre B, Bernard C, Robert D, Paul-Loup E, Ginette F...

JADE : Oui ben on ne va peut-être pas faire tout l'alphabet...

LANG : C'est tout le peuple de gauche qui proteste, Alceste !

JADE : Vous voulez dire le peuple de la culture ?

LANG : En France, c'est la même chose, Marie-Rose ! Les artistes réclament à cor et à cri un ministre de la Culture qui ressemble à un ministre de la Culture, pas ce Riester qui a la tête d'un officier allemand dans un film sur le débarquement. Le ministre de la Culture doit promouvoir la peinture française avec une teinture de cheveux monochrome noir Soulages mais être néanmoins ouvert sur le monde avec des chemises à col mao, Leonardo !

JADE : Le problème, c'est que vous venez d'être prolongé à la tête de l'Institut du Monde arabe.

LANG : Qu'à cela ne tienne, Étienne ! Je ferai les deux ! Et comme mon ami David Guetta, je mixerai mes activités. Je proposerai ainsi au théâtre de la Colline une version d'*Hamlet* en djellaba et à l'opéra Bastille, un ballet autour de Cendrillon qui n'aura plus une pantoufle de vair mais une babouche. C'est chié, non ?

FRANÇOIS LENGLET

LE MONDE D'APRÈS

JADE : La France reprend peu à peu son activité habituelle, mais les incertitudes demeurent sur le monde d'après qu'on nous promet. Pour passer un été serein, voyons avec notre économiste préféré à quoi il faut s'attendre pour ce fameux « monde d'après ».

LENGLET : Dans le monde d'après, tout va changer. Prenons les masques. Souvenez-vous, les Français n'en avaient pas et ils en voulaient tous. Maintenant, ils en ont et ils les portent sous le menton. Eh bien dans le monde d'après, nous porterons les masques sur le front.

JADE : Vous pensez donc qu'il y aura une deuxième vague de l'épidémie ?

LENGLET : Il en faut une. On n'a pas le choix. Il faut penser à tous les infectiologues, épidémiologues et virologues de la télévision qui risquent de se retrouver au chômage... Il faut aussi sauver les emplois de tous les experts qui se sont acheté une bibliothèque pour se filmer devant. Et n'oublions pas le coiffeur du professeur Raoult qui pourrait perdre son job... Donc il faut absolument une deuxième vague.

JADE : Beaucoup d'observateurs craignent que les libertés individuelles soient menacées dans le monde d'après.

LENGLET : Pas forcément. Il faut regarder ce qui marche chez nos voisins. Prenons l'État islamique. Là-bas, la distanciation sociale se fait automatiquement grâce aux ceintures d'explosifs. Et avec le niqab, le port du masque n'est pas obligatoire pour les femmes.

JADE : Vu comme ça... Merci François Lenglet pour cette analyse économique du monde d'après.

LENGLET : Mais attention ! Car dans le monde d'après, il va falloir surveiller de près le redressement du Système Général Économique de Gestion, le SGEG.

JADE : On y veillera, merci François.

LENGLET : Et bien entendu, tout l'été, on gardera un œil attentif sur les Bonds Obligataires d'Options Bancaires, les BOOBS. Car avec la chaleur, les BOOBS peuvent tomber très bas.

JADE : Merci, François Lenglet.

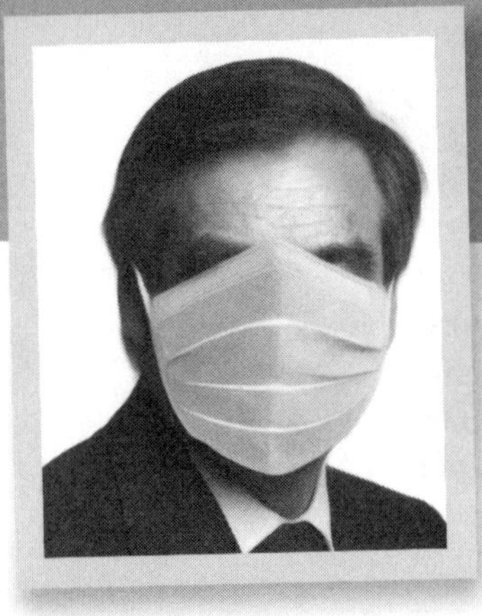

PATRICK BALKANY

FANFAN LES SOURCILS

JADE : Coup de tonnerre dans l'affaire Fillon : l'ancien Premier ministre a été condamné par le tribunal de Paris hier à cinq ans de prison dont deux fermes.

BALKANY : Exagération !

JADE : Tiens, Patrick Balkany, vous avez un avis à donner sur ce procès Fillon ?

BALKANY : Cinq ans de taule pour une dizaine de costards même pas noirs à rayures et même pas en alpaga, c'est de l'acharnement.

JADE : Rassurez-vous, les époux Fillon comptent faire appel du jugement.

BALKANY : Pas la peine, je m'en occupe. Je l'ai appelé hier. C'est la loi du milieu entre caïds, on se comprend ; quand y en a un d'entre nous qui tombe, on est solidaires.

JADE : Ah bon ? Et qu'est-ce que vous lui avez dit, sans indiscrétion à François Fillon ?

BALKANY : Je lui ai dit : t'inquiète, Fanfan-les-Sourcils. La Santé, je connais comme ma poche, y a plein de mecs à nous là-dedans. Tu iras voir Riton-la-Combine. Il va te filer des laxatifs. Tu leur feras le coup du mal au bide. Tu diras qu't'as la chiasse et qu'il faut qu'tu sortes. Ils vont t'extraire sur un brancard et deux heures après tu danses le jerk, peinard, en petit pull corail avec ta Rosbif dans la Sarthe !

AVÉ QUOI JE VAIS RELANCER L'ÉCONOMIE ? AVÉ MES MIMINES, BOUDU CON...
VOUS CROYEZ QU'IL FAUT QUE JE ME LAISSE POUSSER UNE BARBE BICOLORE POUR FAIRE PLUS SÉRIEUX ?

Du même auteur
au **cherche midi**

Carnets d'un sale gosse, 2017
Filets de Macron (et autres pommes à l'huile), 2018
Macron des sources, 2019

Ouvrage publié sous la direction de **Jean-Louis Festjens**

Conception graphique : **François Plassat**

Photos : © Sipa Press
Photos page 4, 93, 95, 101 © Christelle Bardet
Photo page 100 © Élodie Grégoire

Imprimé en France par
Normandie Roto Impression s.a.s. (2003921)